出てこい、写楽！

～蔦重編集日記～

蔦重
DETEKOI SHARAKU!

楠木誠一郎
平沢下戸 絵

出てこい、写楽！　〜蔦重編集日記〜

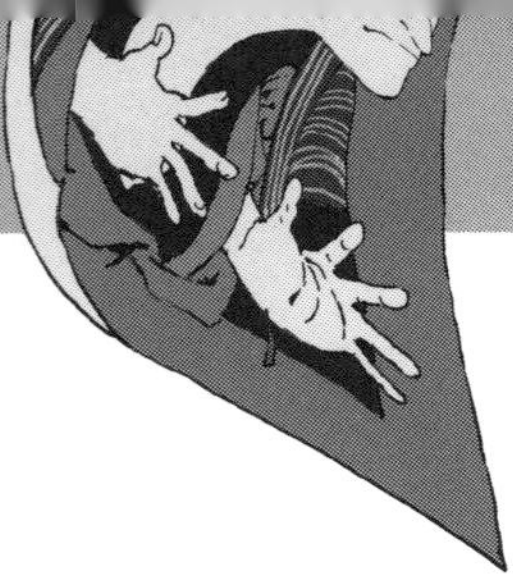

蔦重

DETEKOI SHARAKU!

もくじ

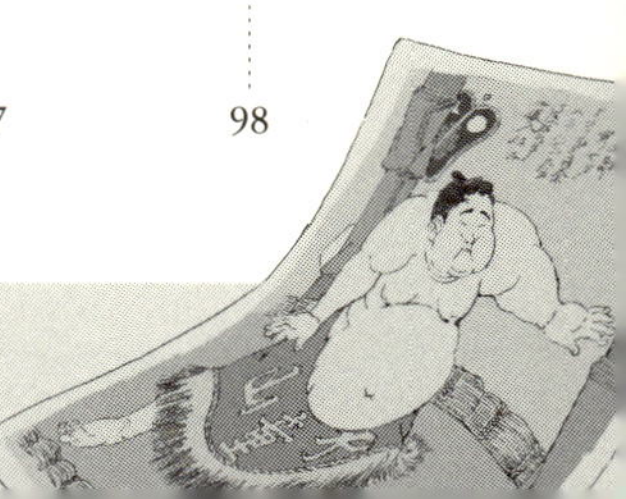

主な登場人物

蔦《つた》屋《や》重《じゅう》三《ざぶ》郎《ろう》

現代で言うところの
出版社「耕書堂」のオーナー。
数々のヒット作をうむ
名物編集者

東《とう》洲《しゅう》斎《さい》写《しゃ》楽《らく》

28点同時発表のデビュー作で
話題をさらった大型新人絵師。
その素顔は……

十《じっ》返《ぺん》舎《しゃ》一《いっ》九《く》

戯作者（作家の先生）で、絵も描けて、雑用もこなせる便利屋さん。後の代表作は『東海道中膝栗毛』

山《さん》東《とう》京《きょう》伝《でん》

戯作者であり、浮世絵師でもあり、煙草屋の主人でもある。後の代表作は『忠臣水滸伝』

曲《きょく》亭《てい》馬《ば》琴《きん》

いまどきの若い者兼戯作者。生まれたばかりの赤ん坊を背負っている。後の代表作は『南総里見八犬伝』

葛《かつ》飾《しか》北《ほく》斎《さい》

人物も風景も得意な絵師。部屋を散らかしては引っ越しをする。後の代表作は『富嶽三十六景』

喜《き》多《た》川《がわ》歌《うた》麿《まろ》

ベテラン絵師。特に美人画を描かせたら右に出るものはいない。代表作は『ポッピンを吹く女』

大首絵《おおくびえ》（ブロマイド）で商売

江戸《えど》の出版事情《しゅっぱんじじょう》

さてさて、この本を手に取られている読者のみなさま、おはようございます。こんにちは。こんばんは。

はじめて、お目にかかります。

わたくしは、江戸《えど》城のおよそ東の地域《ちいき》、江戸《えど》城と大川《おおかわ》（隅田川《すみだがわ》）のおよそ中ほどに位置しております日本橋通油町《にほんばしとおりあぶらちょう》（東京都中央区）にございます、版元《はんもと》『耕書堂《こうしょどう》』の主《あるじ》、蔦屋重三郎《つたやじゅうざぶろう》でございます。よろしくお願い申し上げます。

え？　版元《はんもと》とはなにか、でございますか？

わたくしどもは、本をつくって、店先で売っております。お客さまからいただいた代金から、戯作者《げさくしゃ》（作家の先生）への原稿料《げんこうりょう》（ギャラ）、絵師《えし》（画家の先生）への画料《がりょう》（ギャラ）、もちろん紙代、版木《はんぎ》に彫《ほ》る彫師《ほりし》、墨《すみ》や絵の具で版木《はんぎ》から紙へ写す摺師《すりし》への支払《しはら》い（ギャラ）、

耕書堂
忠臣大星水滸傳
山東京
東都名所一覧
狂歌千歳集
蔦屋重三郎

墨《すみ》や絵の具などの代金、店ではたらく者への給金（給料）、建物の家賃《やちん》、そして冥加金《みょうがきん》（税《ぜい》金《きん》）などを差し引いたものが、わが耕書堂《こうしょどう》のもうけ、となるのでございます。

版元《はんもと》を営《いとな》む身としましては、いろいろ気を配らねばならず、見かけは派手《はで》かもしれませんが、なかなかどうして、たいへんなのでございますよ。

いまは寛政《かんせい》六年（一七九四）十一月のはじめ。

先月半ば、お上《かみ》（幕府《ばくふ》）が『もっと節約しなさい』期間を十年延長《えんちょう》する」と発表したもので、世の中は、それはもう、どよーんと暗くなっておりまして。

そうでなくとも今年の正月、江戸《えど》城の西側から南側にかけての広い地域《ちいき》が焼ける火事が起きたばかり。

わたくしどもの生きております時代は、いちど火事が起きるとたいへんなのです。

木造建築《もくぞうけんちく》でございますから、まず燃《も》えやすいですし、八代将軍《しょうぐん》の徳川吉宗《とくがわよしむね》さまの時代に火消しという制度《せいど》（システム）が広まりましたが、火消しの仕事は「水で消す」というよりも、となりに延焼《えんしょう》しないように「燃《も》えている家を取り壊《こわ》す」のでございます。瓦《かわら》の屋根がいいとされたのも吉宗《よしむね》さまの時代からですが、庶民《しょみん》の住む棟割《むねわ》り長屋（アパート）はいつまでも木の屋根でしたから、火の粉《こ》が飛んできますと、またそこから火事になってしまうのです。これを類焼《るいしょう》といいます。とにかく火の勢《いきお》いがおさまらなければ、江戸《えど》（東京）湾《わん》まで燃《も》え広がらないとおさまらないのでございます。

火事のことはさておき、なにゆえ、お上は、われわれ庶民《しょみん》にやさしく寄《よ》り添《そ》うことができないのでございましょう。

これ以上、なにを節約しろというのでございましょう。

暗い世の中でございますから、せめて耕書堂《こうしょどう》で売る本や絵で、人の心を明るく、そして、あたたかくしたいものでございます。

おっ、はじめてのお客さまが、わが耕書堂《こうしょどう》の店先にいらっしゃいました。

ちょっと失敬《しっけい》。

ある日の耕書堂《こうしょどう》

歳《とし》のころ、二十《はたち》前くらいでしょうか。着物の色も柄《がら》も地味ではありますが、とても清楚《せいそ》で品《ひん》があります。立っている姿《すがた》、身のこなしも、とてもおしとやかでいらっしゃいます。お武《ぶ》家《け》さまの奥《おく》さまか、大きな商家の若奥《わかおく》さまではないでしょうか。

いまの世の中、派手《はで》な色、派手《はで》な柄《がら》の着物でおもてを歩くのは、ちょっとまずい雰囲気《ふんいき》がただよっているのでございます。もちろん、わたくしも地味な色、地味な柄《がら》の着物しか身につけておりません。

「お客さま、なにをお探《さが》しでございましょう」

「東洲斎写楽《とうしゅうさいしゃらく》の絵をくださいな」

東洲斎《とうしゅうさい》写楽というのは、わずか半年ほど前の今年五月にいきなり登場した超大型《ちょうおおがた》新人の絵師《えし》（画家の先生）でございます。

それから「絵」というのは版画《はんが》でございます。

一枚《まい》一枚《まい》絵の具で描《か》いたものは肉筆画《にくひつが》、板に絵を彫《ほ》り、絵の具をのせて何枚《まい》も何枚《まい》も摺《す》ったものは版画《はんが》といいます。ここで奥《おく》さまが「東洲斎《とうしゅうさい》写楽の絵」というのは、東洲斎《とうしゅうさい》写楽の版画《はんが》という意味でございます。

「それは、もう、選《よ》り取り見取りでございます」

「いちばん人気があるのがいいわ。おすすめはどれかしら?」

このようなお客さまが、うれしゅうございます。わたくしどもがすすめたものを十中八九買い求めてくださいますから、とても歓迎《かんげい》したいお客さまでございます。

「それではですね……」

わたくしは、店先に洗濯物《せんたくもの》のように吊《つ》るしてある見本《みほん》（サンプル）を指さしながら説明させていただきました。

「……たとえば、こちらにございます、『市川鰕蔵《いちかわえびぞう》の竹村定之進《たけむらさだのしん》』『三代目大谷鬼次《おおたにおにじ》の江戸兵衛《えどべえ》』など、いかがでございましょう。どちらも五月に河原崎座《かわらさきざ》で演《えん》じられた歌舞伎《かぶき》『恋女房染分手綱《こいにょうぼうそめわけたづな》』から材を取ったものでございます」

興味《きょうみ》のある方はお読みください。

河原崎座《かわらさきざ》というのは、筑前国《ちくぜんのくに》（福岡県）出身で、歌舞伎《かぶき》の物語を書く初代河原崎権之助《かわらさきごんのすけ》という人が、木挽町《こびきちょう》（東京都中央区銀座《ぎんざ》五丁目）につくった芝居小屋《しばいごや》です。

歌舞伎《かぶき》『恋女房染分手綱《こいにょうぼうそめわけたづな》』――越前国《えちぜんのくに》（福井県）出身で上方（関西）で活躍《かつやく》している近《ちか》松門左衛門《まつもんざえもん》が書いた作品を改作《かいさく》（リメイク）したもの。

『市川鰕蔵《えびぞう》の竹村定之進《さだのしん》』――能《のう》役者の竹村定之進《さだのしん》が、男女の罪《つみ》（スキャンダル）を犯《おか》した娘《むすめ》のかわりに切腹《せっぷく》するのですが、それを演《えん》じた市川鰕蔵《えびぞう》（五代目市川團十郎《だんじゅうろう》）を描《か》いたもの。歌舞伎《かぶき》役者の市川鰕蔵《えびぞう》は、のちの世では市川海老蔵《えびぞう》と書かれていますね。胡麻《ごま》をするような手と苦しげな口元に注目してください。

『三代目大谷鬼次《おにじ》の江戸兵衛《えどべえ》』――同じ歌舞伎《かぶき》の登場人物である江戸兵衛《えどべえ》を三代目大谷鬼次《おにじ》（のち二代目中村仲蔵《なかむらなかぞう》）が演《えん》じたもの。

若奥《わかおく》さまは、何枚《まい》かの浮世絵《うきよえ》をしっかり観察（ガン見）するというよりも……。

「あれがいいわ！」

若奥《わかおく》さまが指さしたのは、『三代目大谷鬼次《おにじ》の江戸兵衛《えどべえ》』。大谷鬼次《おにじ》が両手をぱっと開いて、いまにも襲《おそ》いかかろうとしている絵でございます。画面の右下には、絵と同じく摺《す》られた「東洲斎写楽画《とうしゅうさい》」の落款《らっかん》（サイン）が入っております。

おそらく、ひと目見ただけで品を定めたのでございましょう。

ここは、しっかりと、ほめてさしあげなければなりません。

わたくしは手をたたいて、満面の笑《え》みを浮《う》かべました。

「さすがはお客さま、お目が高い。あれを持っていればまちがいなし！　定番中の定番の東《とう》洲斎《しゅうさい》写楽の浮世絵《うきよえ》にございます」

「あら、そう？」

若奥《わかおく》さまは、まんざらでもない様子です。

「では、一枚《まい》いただくわ」

「ありがとうぞんじます」

わたくしは、店先にいる、三十歳《さい》くらいの店員（スタッフ）に声をかけました。もちろん、わたくし同様に地味な色、地味な柄《がら》の着物しか身につけさせておりません。

「鬼次《おにじ》を一枚《まい》、お包みしてくださいな」

わたくしは、相手がだれであろうと、ていねいな言葉づかいを心がけるようにしております。相手の身分や立場にかかわらず、です。相手によって言葉づかいを変えるというのは、あれはあれで、けっこう面倒《めんどう》なことなのでございますからね。

「へい、わかりました」

しゃべり方に特徴《とくちょう》があります。抑揚《よくよう》（イントネーション）が上方《かみがた》（関西）の者のようなのでございます。

店員《スタッフ》が浮世絵《うきよえ》をていねいに包装《ほうそう》（ラッピング）しはじめます。

写楽の浮世絵《うきよえ》、とくに役者の胸《むね》からうえを描《か》いた大首絵《おおくびえ》（ブロマイド）の大きさは、いわゆる「大判《おおばん》」と呼《よ》ばれるもの。大奉書《だいほうしょ》（タテ三九・四センチ×ヨコ五三センチ）と呼《よ》ばれる紙を二つ折りにした大きさ（タテ三九・四センチ×ヨコ二六・五センチ）です。

大奉書《だいほうしょ》というのは、大きな奉書紙《ほうしょがみ》という意味です。奉書紙《ほうしょがみ》というのは、お武家《ぶけ》さま、ことに将軍《しょうぐん》さまと部下のあいだでやりとりされる書類に使われる紙のことでございます。

「おいくらかしら」

「へい。ほかのは十六文《もん》でございますが、こちら雲母摺《きらずり》で少しお高くなっておりまして、二十文《もん》でございます。でも、とてもきれいでございましょ？」

雲母摺《きらずり》とは、特殊《とくしゅ》な岩である雲母《うんも》からとった粉《こな》を絵の具にまぜて摺《す》ったもの(デコレーション）でございます。

「わかったわ」

若奥《わかおく》さまは、なんの迷《まよ》いもなさそうに二十文《もん》を支払《しはら》ってくださいます。

文《もん》というのは貨幣《かへい》の単位でございます。四角い穴《あな》の開いた銭《ぜに》一枚《まい》が一文《もん》でございます。二十文《もん》というのは、その銭《ぜに》が二十枚《まい》です。

屋台で食べる「二八蕎麦《にはちそば》」と呼《よ》ばれるものが「2×8」で十六文《もん》でございますから、若奥《わかおく》さまにとって二十文《もん》はけっして高い買い物ではないのでございましょう。

まあ、版画《はんが》ですから、これくらいが相場です。肉筆画は一点物ですから、値段《ねだん》は高くなるのが相場でございます。

店員によってきれいに包装《ラッピング》された絵を若奥《わかおく》さまにお渡《わた》しいたしました。

「ありがとうございました。またのお越《こ》しをお待ちしております」

わたくしは頭を下げながら、若奥《わかおく》さまの背中《せなか》をお見送りいたしました。

写楽《しゃらく》の浮世絵《うきよえ》のすごさ

「いまのお客さん、常連《じょうれん》さんになってくれるとええですな」

店員《スタッフ》が声をかけてきます。

常連《じょうれん》というのは、何度も通って買ってくれるお客さまのことでございます。

若奥《わかおく》さまがいらっしゃる前でしたので、店員《スタッフ》のあつかいをしましたが、この男性《だんせい》（おとこ）、これでもいちおう戯作者《作家の先生》です。ついでに説明しますと絵師《画家の先生》でもありますし、浮世絵《うきよえ》づくりのための彫師《ほりし》や摺師《すりし》の雑用《ざつよう》もこなせる器用な男性《おとこ》（便利屋さん）なのでございます。

名は、十返舎一九《じっぺんしゃいっく》。

今年三十歳《さい》の男性《おとこ》でございます。

駿河国《するがのくに》（静岡県）に生まれたものの、父親の仕事の都合で、つい最近まで大坂（大阪）で暮《く》らしていたせいか、すっかり上方《かみがた》なまりになっているようでございます。しかも江戸《えど》言葉に直そうとしているものですから、おかしな言葉づかいになっておりまして。

ですが江戸《えど》に出てきたものの住むところがないというので部屋をあたえているのでございます。もちろん部屋代がわりに、店員《スタッフ》としてもはたらかせておりますし、もうかるようなら本の一冊《さつ》や二冊《さつ》書かせてもよいと思っております。わたくしも商売人でございますからね。

タダでは部屋は貸《か》しません。

その一九が口を開きます。

「いまのお客さんを見てても、写楽の絵は人気ですなあ」

「そうですね。写楽は、すごいです」

「そうでんなあ」

東洲斎写楽《とうしゅうさい》の絵のなにがすごい、でございますか？

そうですね、はっきり言ってうまいのですよ。

絵が上手なのはもちろんなのでございますが、大首絵《ブロマイド》を例にとりますと、役者の顔や、役者の動きの特徴《とくちょう》をとらえるのがうまいのでございます。目をひんむいていたり、口をゆがめていたり。

役者本人に見せたら、「ふざけているのか！」と頭から湯気を出して怒《おこ》るかもしれません。似《に》ていなければ怒《おこ》らないでしょうが、じっさいに似《に》ているから怒《おこ》るだろうと思うのです。

そんな写楽の描《か》く大首絵《ブロマイド》のおかげで、思わぬ計算ちがいも起きました。写楽の浮世絵《うきよえ》を買い求めた人が、口伝《くちづた》え（口コミ）でほかの人に「写楽の絵ってすてきよ」と推薦《すいせん》してくれているのでございます。

知らない人に「すてきよ」と推薦《すいせん》するわけでございますから、「推《お》し人《びと》（推《お》し）」とでもいうのでしょうか。

「推《お》し人《し》」の役者を好きな人は、こぞって買い求めにいらっしゃるのでございます。それも一枚《まい》じゃございません。

大事に保管《ほかん》しておく用。
部屋に貼《は》っておく用。
持ち歩き用。

という具合に、同じものを何枚《まい》も買うお客がいらっしゃるのです。

なかには、もしも破《やぶ》れてしまうといけないから、とか、贈《おく》り物《もの》（プレゼント）にしたいから、とか、いろいろ理由をつけて何枚《まい》も買い足すお客さまもいらっしゃるので、ありがたい話なのでございますよ。

写楽の絵が飛ぶように売れているおかげで、わが耕書堂《こうしょどう》がもうけているのは、まったくもって、うれしい悲鳴をあげたくなるほどでございます。

ですが、ひとつ、大きな問題をかかえているのでございます。

こもりびと写楽《しゃらく》

吉原《よしわら》生まれの蔦重《つたじゅう》

いま、耕書堂《こうしょどう》にお客さまが押《お》し寄《よ》せている大首絵《おおくびえ》（ブロマイド）を描《か》いている東洲斎《とうしゅうさい》写楽は、正直に打ち明けますと、わたくしのじつの子なのでございます。

みなさま、おどろかせて申し訳《わけ》ございません。

恥《は》ずかしい話でございますが、写楽の母親は、わたくしの妻《つま》ではございません。

まっ、いやらしい！　ふっ、不倫《ふりん》！　って本を閉《と》じないで聞いてくださいまし。

いま説明させていただきますが、その前に、わたくしの生い立ちなどを少しばかり語らせてください。

わたくしの父親は、江戸《えど》は浅草寺《せんそうじ》（東京都台東区）の北に位置しております、吉原《よしわら》（東京都台東区千束《せんぞく》四丁目、三丁目の一部）というところではたらいておりました。

吉原《よしわら》というのはですね、お上（幕府《ばくふ》）がみとめた、おとなのための社交場でございます。

「引手茶屋《ひきてぢゃや》」と呼《よ》ばれるところでごはんを食べたりお酒を飲んだりしたあとに、茶屋の案内で「見世《みせ》」と呼《よ》ばれるところに行って、そこにいるお目当ての女性《じょせい》（おなご）と、さらにお酒を飲んだり、お話をしたり、いちゃいちゃしたり、するのでございます。

のちの世にもある、夜の、おとなの社交場でございますよ。

はじめは、耕書堂《こうしょどう》があります、この日本橋近くにあったのでございますが、四代将軍《しょうぐん》の徳川家綱《とくがわいえつな》さまのとき、明暦《めいれき》の大火《たいか》で焼失《しょうしつ》。そのあと浅草寺《せんそうじ》の北に移転《いてん》いたしました。

吉原《よしわら》に欠かせないのは、もちろん女性《おなご》たちでございます。

興味《きょうみ》のある方はお読みください。

吉原《よしわら》のなかでも階級《かいきゅう》（ランク）の高い、自分の部屋をもっている花魁《おいらん》。

花魁《おいらん》のなかにもまた階級《ランク》がございますが、ここでは略《りゃく》します。

十四歳《さい》以上で、花魁《おいらん》までのぼりつめていない新造《しんぞう》と呼《よ》ばれる雑居《ざっきょ》部屋にいる女性《おなご》たち。

年を重ねてしまった三十歳《さい》以上の番頭新造《ばんとうしんぞう》。

花魁《おいらん》につかえて、しきたりやしつけを学ぶ、六歳《さい》くらいから十四歳《さい》くらいまでの禿《かむろ》と呼《よ》ばれる女の子たち。

花魁《おいらん》と新造《しんぞう》は客の相手をしますが、番頭新造《ばんとうしんぞう》や禿《かむろ》は客の相手をいたしません。

吉原《よしわら》にいる女性《おなご》たちの多くは親が借金をして、返せないために買われてきているのです。

吉原《よしわら》ではたらく男性《だんせい》（おとこ）は、男衆《おとこしゅう》（または、おとこし）、若《わか》い衆《しゅう》、若《わか》い者などといわれております。ちなみに男性《おとこ》であれば、老いていても、若《わか》い衆《しゅう》、若《わか》い者と呼《よ》ばれておりました。

見世《みせ》にいる男衆《おとこしゅう》は、いろんな人がいるのです。

主《あるじ》である楼主《ろうしゅ》（オーナー）。

見世《みせ》ではたらく者たちに指示《しじ》を出す番頭《ばんとう》（チーフ）。

客引きをする妓夫《ぎゆう》（牛太郎《ぎゅうたろう》）。

見世《みせ》ではたらく女性《おなご》を連れてくる女衒《ぜげん》（スカウトマン）。

花魁《おいらん》が吉原《よしわら》のなかを練《ね》り歩《ある》く（ランウェイする）ときに提灯《ちょうちん》をもったりする見世番《みせばん》。

女性《おなご》が客と過《す》ごす二階の雑用《ざつよう》をする二階番《にかいばん》。

二階の行灯《あんどん》の油を足す二階廻《にかいまわ》し。
夜中に見回りをする不寝番《ふしんばん》（ガードマン）。
料理をつくる料理番《りょうりばん》（コック）。
武士《ぶし》や常連《じょうれん》などがためている代金を集金する掛《か》け廻《まわ》し。
見世《みせ》の前や一階の掃除《そうじ》などをする中郎《ちゅうろう》（清掃《せいそう》スタッフ）。
足抜《ぬ》き、つまり吉原《よしわら》ではたらくのがいやで脱走《だっそう》した女性《おなご》を追いかける亡八《ぼうはち》。

などがおります。
ちなみに亡八《ぼうはち》の語源《ごげん》は、仁《じん》・義《ぎ》・礼《れい》・智《ち》・忠《ちゅう》・信《しん》・孝《こう》・悌《てい》の八つを忘《わす》れた無法者から来ております。

わたくしの父が吉原《よしわら》でどんな仕事をしていたかは記憶《きおく》にございません。楼主《オーナー》でないことだけはたしかでございます。

耕書堂《こうしょどう》のはじまり

吉原《よしわら》で生まれましたわたくしは、郭内《くるわない》で引手茶屋《ひきてぢゃや》を営《いとな》んでおりました喜多川《きたがわ》家の養子となりました。その喜多川《きたがわ》家の屋号が「蔦屋《つたや》」だったのでございます。

吉原《よしわら》の玄関口《げんかんぐち》（エントランス）でもあり象徴《しょうちょう》（シンボル）でもある大門《おおもん》を出たところに、喜多川《きたがわ》家の親戚《しんせき》の蔦屋次郎兵衛《つたやじろべえ》さんという方が、茶や団子《だんご》などを出す茶店を営《いとな》んでおり、わたくしは、その店先を借りて版元《はんもと》「耕書堂《こうしょどう》」を開きました。

といっても本を出版《しゅっぱん》できるはずもなく、吉原《よしわら》につとめる人たちを相手に貸本屋《かしほん》（レンタルブックショップ）のまねごとをはじめたのでございます。

そのころ「鶴鱗堂《かくりんどう》」という大きな版元《はんもと》を営《いとな》んでおられた鱗形屋孫兵衛《うろこがたやまごべえ》さんなどが『吉原細見《よしわらさいけん》』というものを出しておりました。

『吉原細見《よしわらさいけん》』というのは、郭内《くるわない》の地図、見世《みせ》にいる女性《おなご》たちの名前、必要となる代金までのせた案内書（ガイドブック）でございます。

はじめて吉原《よしわら》を利用する客でも、まるで常連《じょうれん》のように郭内《くるわない》を歩くことができるわけで、なくてはならぬものですので、よく売れました（ベストセラーになりました）。女性《おなご》たちが借金を払《はら》い終わって見世《みせ》を出たり、新しい女性《おなご》が入ったりするものですから年に二回刊行《かんこう》しておりました。

わたくしは、孫兵衛《まごべえ》さんから版元《はんもと》の手ほどきを受けまして、「鶴鱗堂《かくりんどう》」が出す『吉原細《よしわらさい》見《けん》』の内容《ないよう》をたしかめる（チェックする）お仕事をいただきました。わたくしは吉原《よしわら》生まれですので、吉原《よしわら》の見世《みせ》には知り合いも多く、好都合だったのです。

その『吉原細見《よしわらさいけん》』の序文《じょぶん》（前書き）は平賀源内《ひらがげんない》が書いておりました。

平賀源内《ひらがげんない》というのは、ほれ、エレキテルと呼《よ》ばれる静電気発電装置《そうち》を復元《ふくげん》してみせたり、土用《どよう》の丑《うし》の日にうなぎを食べることを思いついたりした、あの有名な男性《おとこ》でございますよ。博物学者、発明家などと呼《よ》ぶ者もいるようでございますが、器用貧乏《びんぼう》な新しもの好きでございますな。

まあ、いわゆる有名人ですので、序文《じょぶん》を書いてもらうと、箔《はく》がつく（ブランドになる）のでございます。

じつは、源内《げんない》に序文《じょぶん》をたのんだのは、わたくしでございまして。内容《ないよう》をチェックしたさい、「名のある方に序文《じょぶん》をたのむというのはどうでしょう」と提案《ていあん》させていただいたのでございます。

そのうち孫兵衛《まごべえ》さんを通して知り合った絵師《えし》（画家の先生）の方の本を出したのをきっかけに、やっと版元《はんもと》としての仕事がはじまりました。はじめの本が出れば、あとは紹介《しょうかい》、紹介《しょうかい》で、知り合いの戯作者《げさくしゃ》（作家の先生）、絵師《画家の先生》が増《ふ》えていったのでございます。

ところが、ある事件《じけん》が起きます。

孫兵衛《まごべえ》さんの部下にあたる方が、大坂（大阪）の版元《はんもと》が出したものを題名だけ変えて（パクって）出版《しゅっぱん》してしまい、処罰《しょばつ》を受けたのをきっかけに経営《けいえい》がかたむきはじめたのです。

そこで、わたくしは独自《どくじ》の『吉原細見《よしわらさいけん》』を出したのでございます。

やがて、ほかの版元《はんもと》がどんどん手を引き、いまでは耕書堂《こうしょどう》の『吉原細見《よしわらさいけん》』が独占《どくせん》しておる状態《じょうたい》でございます。

借りていた店先が手狭《てぜま》になったので、四軒《けん》となりに「耕書堂《こうしょどう》」を独立《どくりつ》させたのでございます。

ちょうど江戸《えど》で狂歌《きょうか》が流行《はや》っていたものですから、わたくしも狂歌名《きょうかめい》（ペンネーム）「蔦唐丸《つたのからまる》」を名乗って狂歌《きょうか》を詠《よ》んでおりました。狂歌《きょうか》というのは、そうですね、お笑いの短歌と思えばよろしいかと。で、吉原《よしわら》での集まり（連《れん》と申します）に加わり、狂歌《きょうか》の宴《うたげ》などを主催《しゅさい》して、戯作者《作家の先生》や絵師《画家の先生》たちに顔を売って狂歌《きょうか》の本なども増《ふ》やしてまいりました。

独立《どくりつ》から五年ほどのち、浅間山《あさまやま》が噴火《ふんか》して、江戸《えど》にも灰《はい》が降《ふ》って、天明《てんめい》の飢饉《ききん》に拍車《はくしゃ》をかけた年がございましたでしょ？　その年、わたくしは吉原《よしわら》の耕書堂《こうしょどう》を部下にまかせ、いまいる日本橋通油町にあった版元《はんもと》を居抜《いぬ》きで買い取って本店にしたのでございます。吉原《よしわら》にも店を残しておきませんと、『吉原細見《よしわらさいけん》』を独占《どくせん》しつづけることができませんから。

わたくしの堅苦《かたくる》しい話（つまらない話）は、これくらいにしておきましょうか。

写楽《しゃらく》の母のこと

まだ吉原《よしわら》で耕書堂《こうしょどう》をしているころ、若《わか》いわたくしには吉原《よしわら》になじみの女性《おなご》がおりました。

もとは阿波国《あわのくに》（徳島県）のお殿《との》さまに能《のう》役者としてつかえていた斎藤十郎兵衛《さいとうじゅうろべえ》とかいう者の娘《むすめ》だったのですが、八丁堀《はっちょうぼり》（東京都中央区）の家を飛び出し、借金をこさえて、いつしか吉原《よしわら》に流れ着いていたのです。

版元《はんもと》として商売が成り立つようになったものですから、わたくしは、その女性《おなご》の借金をかわりに返してひきとりました。

わたくしには妻《つま》がおりましたから、その女性《おなご》にはカネを渡《わた》し、ときどき顔を出しておりました。のちの世でいう愛人だったというわけです。「妻《つま》がいるのに、よそに愛人をつくるなんて！」「不倫《ふりん》じゃないの！」と悪口を言われてもしかたありません。

そのうち男の子が生まれました。

その女性《おなご》は、父親の名から「この子は二代目斎藤十郎兵衛《さいとうじゅうろべえ》よ」と言っておりました。

それが写楽でございます。

そのうち、父親であるわたくしは写楽に絵を描《か》く才能《さいのう》があるのに気づきました。ですが写楽の母親は、いずれ写楽を料理人にでもさせたいと言い、絵の才能《さいのう》を伸《の》ばさせようとはしませんでした。

父親「写楽に絵を描《か》かせてみてはどうでしょうね」
母親「なに夢《ゆめ》みたいなこと言ってるの。絵描《えか》きでごはんを食べていけるわけないでしょ」
父親「やらせてみなければわからないではありませんか」
母親「やってから失敗しても遅《おそ》いの。勝手に決めないでちょうだい」

こんな会話が何回くりかえされたかわかりません。

父親としてのわたくしと、耕書堂《こうしょどう》主人としてのわたくしが、頭のなかで言い合いをはじめます。

父親「息子《むすこ》は、この母親と暮《く》らしたいのではないでしょうか」

耕書堂《こうしょどう》「なら、このまま放っておいていいのですか？　あなたの息子《むすこ》でしょ」

父親「絵を描《か》かせたいというのは父親のわがままでしょうか？」

耕書堂《こうしょどう》「絵が上手な子が目の前にいる。ならば、その子の絵を売ろうとするのが商売人でしょう。放っておくのは、出版《しゅっぱん》人の名折れなのではありませんか？」

けっきょく、わたくしは、一年近く前の正月、十八歳《さい》になったばかりの写楽を、この日本橋通油町の耕書堂《こうしょどう》にひきとったのでございます。

のちの世では、年齢《ねんれい》は誕生日《たんじょうび》ごとに増《ふ》えていく満年齢《まんねんれい》で数えているようですが、わたくしが生きております時代では、母親のお腹《なか》のなかにいるときのことも考えて、生まれたときが一歳《さい》、そのあとは正月をむかえるたびに年齢《ねんれい》を足していっております。ですから大みそかに生まれた赤ん坊《ぼう》は翌日《よくじつ》には二歳《さい》になるのでございます。お正月にもらう「お年玉」も、正月の祝いだけでなく、無事に年齢《ねんれい》を重ねたお祝いでもあるのです。

吉原《よしわら》から引っ越《こ》すときに、じつの両親もひきとりましたから、二人増《ふ》えようが三人増《ふ》えようが同じという思いでございました。

もっとも引っ越《こ》して五年後に父親の重助《じゅうすけ》が、さらに四年後、いまから二年前に母親の津《つ》与《よ》が亡《な》くなりました。まあ、じつの親を見送ることができたのは幸せでございました。

写楽《しゃらく》の記憶《きおく》力

ひきとった写楽に「なんでもいいから絵を描《か》いてごらんなさい」と声をかけましたら、すぐさま、わたくしの大首絵《ブロマイド》を描《か》きはじめたのです。

それも、とてもすばやく、です。

しかも、なんと、わたくしにそっくりでおどろいてしまいました。

顔がそっくりというよりも、特徴《とくちょう》をよくとらえておりまして。見ただけでわたくしとわかると思いました。

だから写楽に役者の大首絵《ブロマイド》を描《か》かせることにしたのでございます。

「写楽」という名の由来でございますか？

いざ絵師《えし》（画家の先生）にしようとしたとき、わたくしの顔をじつに楽しそうに写しておったものですから「写楽」と名づけたのでございます。

「東洲斎《とうしゅうさい》」は、「江戸《えど》城より東で生まれた」ことと「絵の秀才《しゅうさい》」なのを重ねるように名づけたものです。「東洲斎《とうしゅうさい》」にも「写楽」にも、あまり深い意味などございません。


で、写楽の大首絵《ブロマイド》でございますが、耕書堂《こうしょどう》で売り出しましたところ、あまりに奇抜《きばつ》なものでしたから、はじめこそ売れませんでしたが、じわじわ評判《ひょうばん》になっていって、やがて大当たりになったのでございます。

え？　写楽が役者の顔をどうして知ってるか？

そうでございますよね。みなさまの疑問《ぎもん》も、ごもっともでございます。

まず、写楽には芝居小屋《しばいごや》（シアター）に通わせました。はじめは写生するのに必要だろうと矢立《やたて》（筆箱）と紙を持たせたのです。

ですが写楽は、なにも描《か》いてこなかったのです。

わたくしはたずねました。

「絵はどうしたのです？　描《か》かなかったのですか？」

すると写楽は、こう答えたのでございます。

「役者をよく見たかったから描《か》かなかった」

「描《か》くつもりがないのですか？」

「いま描《か》くよ」

写楽は、その日、芝居小屋《しばいごや》の舞台《ぶたい》に立っていた役者の胸《むね》からうえを次から次へと描《か》きはじめたのでございます。

いやはや、おどろきました。

写楽の頭のなかがどうなっているのか、のぞいてみたくなりましたよ。

それで「東洲斎《とうしゅうさい》写楽」の名で大首絵《ブロマイド》を売り出したというわけでございます。それも二十八点も、です。

写楽の絵は江戸《えど》じゅうで評判《ひょうばん》となりました。

いいえ、正しくは、良くも悪くも評判《ひょうばん》となりました。役者の特徴《とくちょう》をとらえた大首絵《ブロマイド》に「こんなのを待っていた！」と大歓迎《だいかんげい》するお客さまもいれば、「こんなのは役者絵じゃねえ！」とけなす人もいたということです。

でも、良くも悪くも評判《ひょうばん》になることこそが、わたくしのねらいでございました。写楽は新人です。売れる、売れないよりも、まずは存在《そんざい》を知ってもらうこと、さらに評《ひょう》判《ばん》になることが大事だったのでございます。評判《ひょうばん》になれば、しだいに売り上げもついてくるというものでございましてね。

そのあと七月と八月には、写楽の腕《うで》をためす意味もあって、役者の全身絵を三十八枚《まいか》描かせました。どうしても大首絵《ブロマイド》だと買ってくださらないお客さまもいらっしゃるからです。はじめは「大首絵《ブロマイド》が描《か》きたい」とダダをこねましたが、なんとか説得《せっとく》して描《か》かせました。

ここまではよかったのです。

こもる写楽《しゃらく》

ところが、ひきとって八か月後、はじめの大首絵《ブロマイド》を売り出して三か月後、役者の全身絵を描《か》かせ終わった八月末に、写楽はいきなり、自分の部屋から、出てこなくなってしまったのです。

ひきこもってしまったのでございます。

こもりびとになってしまった、とでもいうのでしょうか。

はじめは写楽が寝《ね》ている部屋の板戸をたたいたり、名前を呼《よ》んだりしていたのでございますが、返事がありません。

無理やり板戸をこじ開けようともしましたが、内側からつっかえ棒《ぼう》をしているようで開きません。

わたくしの妻《つま》は、自分の腹《はら》を痛《いた》めた子ではありませんから、見て見ぬふりです。

そうでなくとも、ふだんから芝居小屋《しばいごや》まわりばかりしていましたが、写楽をひきとってからは、ますます拍車《はくしゃ》がかかってしまいました。

え？　食事はどうしているか、でございますか？

食事はお手伝いさんのヨネさんが膳《ぜん》（トレー）を運んでいったら、こっそり部屋に入れて食べ、食べ終わったら、また廊下《ろうか》に出して、つっかえ棒《ぼう》をはめています。

写楽がこもりびとになっていることで、じつは、この九月、十月は新作を出せておらず、「写

楽の新しい絵をおくれ」と常連《じょうれん》のお客さまに求められても、ご期待にそえないでいるのです。過去《かこ》の浮世絵《うきよえ》を増し摺《ず》りして売っているのが、せいぜいでございましてね。

お客さまがたは、とにかく写楽の新作を待ち望んでいるのです。

身内の恥《はじ》でございますから、「写楽が部屋にこもって出てこないのです」とも言えず、どうしたものかと困《こま》り果てているところなのでございます。

いまもお客さまから、おしかりの声が聞こえてまいります。

――「写楽の新作、ほんとうにないのか！」

――「ないなら、ほかの版元《はんもと》に行くぞ！」

いまや写楽の浮世絵《うきよえ》は耕書堂《こうしょどう》の名物（売り）です。たとえば、ほかの絵師《画家の先生》は複数《ふくすう》の版元《はんもと》から出すことはありますが、写楽は耕書堂《こうしょどう》だけ（オリジナル）。もし写楽の絵を売らなくなったら、ほかの数多《あまた》ある版元《はんもと》と同じに成り下がってしまいます。

この蔦屋重三郎《つたやじゅうざぶろう》、その誇り《ほこ》（プライド）だけは失いたくありません。

――「写楽の絵がないなら、ほかの絵師《画家の先生》の新作はないの？」

――「ほかの絵師《画家の先生》の新作があるなら買ってもいいんだが……」

――「でも、やっぱり写楽の新作がいいよなあ」

そうです！　その手があるではありませんか。
蔦屋《つたや》重三郎《じゅうざぶろう》ともあろう者が、どうして、これまで思いつかなかったのでしょうか。

絵描《えか》きを集めろ

十返舎一九《じっぺんしゃいっく》に相談

わたくしは、番頭《ばんとう》の勇助《ゆうすけ》に声をかけました。

「ちょっと店の留守番《るすばん》をたのめますか？　一九さんと話がありますから」

「へい」

店の商品を整理している、といいますか、整理をしているふりをしている一九に声をかけました。

「ちょっと、いいですか」

「え、な、なんです？」

愛嬌《あいきょう》のある顔立ちの一九が目を泳がせます。

「どうしました？　なにか用事でもあるのですか？」

「い、いえいえ、めっそうも」

どこか、そわそわしています。すぐに仕事を抜《ぬ》け出して遊びにいきたがるような男性《だんせい》（おとこ）です。なかなかの遊び人で女性《じょせい》（おなご）のウワサも絶《た》えない、そんな男性《おとこ》です。手先も器用ですが、遊びのほうも、なかなか器用なようでございます。

ですが、こちらも大事な用件《ようけん》なのです。

「ちょっと、奥《おく》へよろしいですか？」

店の奥《おく》、といっても、ふだん彫師《ほりし》や摺師《すりし》がはたらく仕事部屋とのあいだにある四畳《じょう》半ほどの小部屋に一九を連れて入りました。

「蔦重《つたじゅう》の旦那《だんな》、なんです？」

この店に出入りする戯作者《げさくしゃ》（作家の先生）、絵師《えし》（画家の先生）たちは、わたくしのことを「蔦重《つたじゅう》の旦那《だんな》」と呼《よ》んでいます。

蔦屋《つたや》重三郎《じゅうざぶろう》をちぢめて「蔦重《つたじゅう》」というわけです。蔦《つた》がたくさん入ったお重ではありませんよ。鰻重《うなじゅう》じゃないんですから、食べられませんからね。

「これでも、わいは忙《いそが》しいんで。礬水《どうさ》をひかないとあかんですし」

礬水《どうさ》をひくとは、すごく簡単《かんたん》に言いますと、絵の具のにじみを防《ふせ》ぐために特殊《とくしゅ》な液体《えきたい》を紙に塗《ぬ》ることでございます。

一九は手先が器用なので、その作業をさせています。でも、ずっとそればっかりやっているわけではないので、手が空いたときには店番もさせます。

「単刀直入に言いますが……一九さん」

「遊んでばかりいるのでクビでっか？」

「いいえ。そうではありません」

一九が少し安心したような顔つきになります。

「耕書堂《こうしょどう》を追い出されたら、わい、行くところに困《こま》りますさかい」

「でしたら、わたくしのお願いをひとつ聞いてほしいのです」

「なんです？」

「写楽のかわりに絵を描《か》いていただけませんか」

一九の顔がこわばります。

「え……」

「写楽のまねをして描《か》いてくだされればよいのです」

一九は首を横に振《ふ》っています。

「む、無理です。なんでもよけりゃ描《か》けますが、あんな大首絵《おおくびえ》（ブロマイド）も、役者の全身絵も、ようゥ描《か》けまへん」

「そうですか」

「ええ、ええ、無理ですよ。わかってるくせに」

「それもそうですね」

「そうでっせ。そや！　美人大首絵《ブロマイド》を描《か》いてはる歌麿《うたまろ》さんに描《か》いてもらっちゃどうです？」

「歌麿《うたまろ》さんですか。う～む」

喜多川歌麿《きたがわうたまろ》のことです。

わたくしより三歳若《さいわか》いだけの、絵描《えか》きとしては達者《たっしゃ》（ベテラン）なほうです。とくに美人画を描《か》かせたら、右に出る絵師《画家の先生》はいません。

一時期だけですが、歌麿《うたまろ》を耕書堂《こうしょどう》に住まわせて（缶詰《かんづめ》にして）絵を描《か》いてもらっていたこともありました。

「画料《ギャラ》が高くて出せませんか？　蔦重《つたじゅう》の旦那《だんな》、まだ元通りじゃないんじゃないですか？」

三年前の寛政《かんせい》三年（一七九一）、ある事件《じけん》が起きたのでございます。

田沼意次《たぬまおきつぐ》のあとに老中《ろうじゅう》になった、八代将軍徳川吉宗《しょうぐんとくがわよしむね》さまの孫であることだけが自慢《じまん》らしい松平定信《まつだいらさだのぶ》というお方、これがまたえらく厳《きび》しい人で、耕書堂《こうしょどう》から出版《しゅっぱん》した、絵師《画家の先生》北尾政《きたおまさ》演《のぶ》としても活躍《かつやく》している戯作者《作家の先生》山東京伝《さんとうきょうでん》の洒落本《しゃれぼん》（吉原《よしわら》を舞台《ぶたい》にした恋愛《れんあい》小説）や黄表紙《きびょうし》（おとな向けの絵本。写真週刊誌《しゅうかんし》みたいなもの）が「けしからん本だ！」とされたのでございます。

読者がよろこぶものを、お上（幕府《ばくふ》）は取り締《し》まりたがるようでして。

町奉行《まちぶぎょう》所で取り調べを受けたすえ、出した本は絶版《ぜっぱん》のうえ、わたくしは財産《ざいさん》の半分を没収《ぼっしゅう》されてしまい、京伝は手鎖《てじょう》五十日、京伝の父親は厳重《げんじゅう》注意を受け、内容《ないよう》をチェックした版元《はんもと》仲間たちは自分の店に立ち入れず、住居《じゅうきょ》からも追放される刑罰《けいばつ》を受けたのでございます。

手鎖《てじょう》というのは手首に鍵《かぎ》つきの鎖《くさり》をかけられるというものです。

そんなことをされたら筆を持てません。手首も傷《きず》だらけになってしまうのです。

そのあと、山東京伝《さんとうきょうでん》の黄表紙《きびょうし》を出せなくなり、わたくしは歌麿《うたまろ》に絵を描《か》かせて美人大首絵《ブロマイド》を売るなどしていたのでございます。

ですが、わたくしが写楽に絵を描《か》かせるようになると、ほかの版元《はんもと》からの注文が増《ふ》えたこともあるのでしょうが、だんだん耕書堂《こうしょどう》から離《はな》れていったのでございます。

「歌麿《うたまろ》さんですか……」

「写楽並《な》み（クラス）に大首絵《ブロマイド》を描《か》ける絵描《えか》き、ほかにいないのとちがいますか？」

「たしかに、そうですね」

いたしかたありません。

「では、一九さん。歌麿《うたまろ》さんを呼《よ》んできてください」

「そんなぁ」

一九が顔をしかめて抵抗《ていこう》します。

「若《わか》いのですから、ひとっ走りお願いします」

一九が右手をそーっと出してきます。

わたくしは、その手をぴしゃりとたたきました。

「いつから、この家に住まわせてあげていましたか？」

「この秋からですね」

「ですよね。わたくしは、あなたからは、部屋代も、飯代もとっていません。おまけに給金（給料）も出しています。このうえ、おこづかいをあげるわけにはいきません」

「さ、さいですね」

「耕書堂《こうしょどう》で寝泊《ねと》まりをつづけたいのでしたら……」

「や、や、やりやす、やりやす！」

喜多川歌麿《きたがわうたまろ》の嫉妬《しっと》

「ひさしぶりに声をかけてくださったかと思えば、写楽《しゃらく》のかわりをやれ、ですって？」

細く整った顔立ちの歌麿《うたまろ》が、わたくしをにらみつけてきます。歌麿《うたまろ》は、一見、地味ではありますが、よく見ると細い縦縞模様《たてじまもよう》の着物姿《すがた》です。

「お願いできませんか」

「あんな、人を小馬鹿にしたような大首絵《ブロマイド》を描《か》く小童《こわっぱ》（ガキ）、異国《いこく》までの恥《はじ》さらし！」

歌麿《うたまろ》は、写楽の絵を真っ向から切り捨《す》てるように批判《ひはん》しました。

歌麿《うたまろ》が「小童《こわっぱ》」と言うのは、じっさいに会ったことがあって、自分が四十三歳《さい》で、写楽が十八歳《さい》だと知っていて言っているわけではございません。昨日今日、急に活躍《かつやく》しはじめた絵師《画家の先生》だからでございます。

ですが、わたくしはどこかにふしぎな気持ちを抱《いだ》いておりました。

歌麿《うたまろ》が、ほんとうに写楽を批判《ひはん》したいだけなら、いくら、わたくしが呼《よ》んだとしても耕書《こうしょ》

當時三美人

堂《どう》まで来るはずがないのです。

「一九《いっく》さん、ちょっと」

わたくしは一九に小声でききました。

「歌麿《うたまろ》さんになんと言って連れてきたのですか？」

「蔦重《つたじゅう》の旦那《だんな》から後生一生《ごしょういっしょう》のたのみがある、って」

「そう、ですか」

一九は手先も器用ですが、口先も器用な男性《おとこ》であることを、すっかり忘《わす》れておりました。

耕書堂《こうしょどう》から離《はな》れていった歌麿《うたまろ》でも、わたくしから「後生一生《ごしょういっしょう》のたのみ」と言われたら、イヤとは言えなかったのでしょう。ですが……。

「歌麿《うたまろ》、いや、うたまるさん！」

じつは「歌麿《うたまろ》」という名前（ペンネーム）は、わたくしの本名「喜多川柯理《きたがわからまる》」をまねたものなのです。だからよく「うたまろ」ではなく「うたまる」と、ふざけて呼《よ》んでいました。

耕書堂《こうしょどう》から離《はな》れる前は、それほど親しかったのです。

歌麿《うたまろ》がびくりと肩《かた》を震《ふる》わせます。

「うたまる、いや、歌麿《うたまろ》さん、どうしても無理ですか？」

「…………」

歌麿《うたまろ》は押《お》しだまっています。正座《せいざ》した膝《ひざ》のうえに置かれた手は、しっかりにぎられています。わたくしになんと返事をしたものかと考えているにちがいありません。

わたくしは、さらに声をやわらげました。

「気にくわないかもしれませんが、写楽に才があることは、みとめてくれているのでしょ?」

「ええ、まあ」

「でしたら……」

「なぜ写楽が描《か》かなくなったんです? そこから教えてください」

わたくしは、これまでの経緯《いきさつ》を説明しました。

写楽がじつの息子《むすこ》であることも、ひきとったことも、こもりびとになっていることも、歌《うた》麿《まろ》だけではなく、ほかの戯作者《作家の先生》にも絵師《画家の先生》にもナイショにしていたのです。

そのへんの事情《じじょう》を知っているのは、居候《いそうろう》している一九と、彫師《ほりし》、摺師《すりし》くらいなものでございまして。

歌麿《うたまろ》が、静かにため息をつきます。

「そうだったのですね」

「ええ」

「そりゃたいへんだ」

「たいへんなのです」

歌麿《うたまろ》が腕組《うでぐ》みをして考えています。

いまのやりとりも、ただ考える時間をかせいでいるかんじがいたしました。

歌麿《うたまろ》のなかで、いま、どんな思いがよぎっているのでございましょう。

「蔦重《つたじゅう》の旦那《だんな》……」

「なんです?」

「『うたまる』はやめてください。やめてくれたら手伝います」

「わかりました。助かります」

「ですが、わたしが描《か》いたら、すぐに客は、歌麿《うたまろ》の絵だってわかりますよ」

「ああ、それはそうかもしれませんね」

「だいいち、わたしは女性《おなご》しか描《か》きたくない」

そうです、そうです。昨年だか一昨年だかに描《か》いた『ポッピン(ビードロ)を吹《ふ》く女』は歌麿《うたまろ》の代表作のひとつになるにちがいありません。いまや歌麿《うたまろ》は、女性《おなご》を描《か》かせたら当代一ですからねえ。

「困《こま》りましたね」

「大首絵《ブロマイド》の手ほどき（指導《しどう》）ならできます」

「でしたら、ほかの絵師《画家の先生》を探《さが》しましょう」

「それがいいと思います」

「仕事の速い人がいいですね」

ずっと、そわそわしながら、ふたりの話を聞いていた一九がきいてきます。

「そいつぁ、だれです？」

わたくしのなかで、思いつくのは、ひとりしかいません。

「一九さん！　北斎《ほくさい》さんを連れてきてください！　それから京伝《きょうでん》さんも、です」

北斎《ほくさい》とは、もちろん絵師《画家の先生》の葛飾北斎《かつしかほくさい》のことでございます。

「いや、待ってください。京伝さんはわたくしが連れてきましょう。それまでのあいだ、歌《うた》麿《まろ》さんは茶でも飲みながら待っていてください。――おーいお茶、を持ってきてくださいな！」

わたくしは手をたたいて、お手伝いのヨネさんを呼《よ》びました。

山東京伝《さんとうきょうでん》をなだめる

写楽《しゃらく》がわたくしの隠《かく》し子《ご》だったこと、ひきとったこと、こもりびとになっていることを説明したあと、京伝が口を開きました。

「蔦重《つたじゅう》の旦那《だんな》とは、いっしょに刑罰《けいばつ》をくらった仲です。旦那《だんな》のたのみとあっちゃ断《ことわ》れねえ」

面長《おもなが》で整った顔立ちの京伝が少し困《こま》り顔で言い、ぽりぽりと頭を掻《か》きます。

そのたびに地味な柄《がら》の着物の袖《そで》が揺《ゆ》れます。

さらに動くたびに、帯にひっかけた根付《ねつけ》と呼《よ》ばれる龍《りゅう》（ドラゴン）をかたどった飾《かざ》りも、根付《ねつけ》から先にぶら下がっている黒く光る煙草《たばこ》入れも揺《ゆ》れています。素人目《しろうとめ》から見ても、なかなか高級そうな煙草《たばこ》入れです。

「でも、また手鎖《てじょう》の刑《けい》は受けたくないです」

「ほんとうに申し訳《わけ》ありませんでした」

「あれはきつかった。旦那《だんな》も、財産《ざいさん》半分もっていかれて」

「手鎖《てじょう》の刑《けい》にくらべれば、たいしたことではありません。おカネは、また稼《かせ》げばいい」

「おかげで、煙草屋《たばこ》をはじめられました」

京伝は、昨年、この日本橋から少し南の京橋《きょうばし》（東京都中央区）に煙草屋《たばこ》を開いて、ことに自分好みの煙管《キセル》、煙草《たばこ》入れ、根付《ねつけ》の意匠《いしょう》を考えて（デザインして）いるのでございます。いま腰《こし》から下げている煙草《たばこ》入れも根付《ねつけ》もそうなのでございましょう。

京伝の煙草《たばこ》屋は、番頭《ばんとう》、手代《てだい》、丁稚《でっち》も置いて、なかなかもうかっているそうでございます。

興味《きょうみ》のある方はお読みください。


商家にいる男性《おとこ》は、こんなかんじです。

主《あるじ》（オーナー）。

番頭《ばんとう》。店の現場《げんば》を仕切っております。支店長《してんちょう》のようなもの。

手代《てだい》。番頭《ばんとう》のすぐ下、丁稚《でっち》を監督《かんとく》する立場。チーフのようなもの。

丁稚《でっち》。見習い。アルバイトのようなもの。

「もう、あんな目に遭《あ》わせません。誓《ちか》います」

「まあ、あんときの老中松平定信《ろうじゅうまつだいらさだのぶ》も、昨年、辞《や》めさせられて、ざまあみろ、ですがね」

「ですが、お上《幕府》の改革《かいかく》はまだつづいています」

「そうなんですよねえ。でも蔦重《つたじゅう》の旦那《だんな》、あっしは、写楽のような大首絵《ブロマイド》は描《か》けねえ」

「京伝さんにたのみたいのは、手鎖《てじょう》をくらうかもしれない文章でも、絵でもありません」

「なんです？」

「どんな役者絵にするか、どこの場面を描《か》くか、などを決めてほしいのです」

「でも、あっしがいないと、せっかく開いた煙草《たばこ》屋の連中が困《こま》るでしょ。もし売り上げが減《へ》ったらと思うと気が気じゃありません」

「商売をするというのは、たいへんですよね」

「ええ」

歌麿《うたまろ》が京伝にききます。

「嫁《よめ》が、おまえさんのかわりをできないのかい」

「昨年、死んじまって」

「そうか。知らなかったとはいえ、すまねえ」

「いえ。歌麿《うたまろ》の兄ぃは気にしないでくだせえ」

わたくしは京伝に言いました。

「では京伝さん、ときどき店を見に帰ってもかまいません。近いですしね。それから、もし売り上げがいつもより減《へ》ったら、その分、わたくしが穴埋《あなう》めをします」

「だったら、よろしゅうございます」

歌麿《うたまろ》が吐《は》き捨《す》てるように言います。

「現金《げんきん》なやつだ」

するとそこへ、北斎《ほくさい》を連れた一九《いっく》が駆《か》けこんでまいりました。北斎《ほくさい》は、遠くから見てもわかる、太めの縦縞模様《たてじまもよう》の着物です。よく途中《とちゅう》で、お役人から引き留《と》められなかったものでございます。

葛飾北斎《かつしかほくさい》を説得《せっとく》する

「一九《いっく》から道中で聞きましたぜ」

写楽《しゃらく》がわたくしの子であること、わたくしがひきとったこと、こもりびとになっていることを、一九から聞いたという意味でしょう。

「だから、おれが写楽のかわりを？」

いかつい顔立ちの北斎《ほくさい》が顔をしかめます。三十五歳《さい》です。

葛飾北斎《かつしかほくさい》という絵師《えし》は、人も描《か》けますし、風景も描《か》けます。とくに、いまにも動きだしそうな人を描《か》かせたら天下一なのです。男性《おとこ》も女性《おなご》も描《か》ける歌麿《うたまろ》、文章だけでなく絵も描《か》ける一九ともちがう、独特《どくとく》の器用さにあふれています。

「蔦重《つたじゅう》の旦那《だんな》、おれより、そこにいる歌麿《うたまろ》や京伝《きょうでん》のほうが親しいはずじゃありませんか。おれには、あまり仕事をくれてませんよねえ」

「これから、どんどん仕事をたのもうと思っていたところですよ」

「ほんとですかねえ」

「もちろんです」

「おれより歌麿《うたまろ》のほうがうまいじゃないですか」

「歌麿《うたまろ》さんは、男性《おとこ》の大首絵《ブロマイド》は描《か》きません。ご存《ぞん》じのように女性《おなご》の大首絵《ブロマイド》が得意《とくい》ですが、描《か》かせたら歌麿《うたまろ》さんだとわかってしまいます」

「女性《おなご》しか描《か》かない、ですか。助平《すけべい》なやつだ」

「なんだって」

腰《こし》を浮《う》かしかける歌麿《うたまろ》を、わたくしはあわてて制《せい》しました。

「まあまあ。——どうでしょうね。北斎《ほくさい》さん、お礼なら、たんまり払《はら》いますよ。引っ越《こ》しばかりで、なにかとたいへんなのではありませんか？」

北斎《ほくさい》は、とにかく掃除《そうじ》をしないことで有名でございます。

部屋が紙ごみで埋《う》まったら引っ越《こ》すことをくりかえしているのでございます。生涯《しょうがい》でいったい何回引っ越《こ》すことになるのでしょうね。

だからか、着物のすそにごみがついていたり、袖口《そでぐち》が墨《すみ》で汚《よご》れたままになっていたりします。

また、おカネにも無頓着《むとんちゃく》で、そのへんに放り出していて、出前をとっても、店の者に「そのへんのカネから持って行ってくれ」と言っているそうで。

「まあ、いいでしょ」

わたくしは忘《わす》れずに注意しました。

「でも、みんなで作業をするのです。部屋を散らかさないでくださいよ」

「わかりましたよ」

そうは返事しましたが、どうせ散らかすにちがいないとは思っておりました。

担当《たんとう》を分ける

わたくしは、小部屋にすわっている戯作者《作家の先生》、絵師《画家の先生》たちをぐるりと見まわしてから言いました。

「まず、京伝《きょうでん》さんがどんな役者の、どの舞台《ぶたい》の、どこの場面を絵にするかを決めてください。次に歌麿《うたまろ》さんに大首絵《ブロマイド》を習いながら、北斎《ほくさい》さんが下絵を描《か》いてください。大首絵《ブロマイド》はたいへんですから、大首絵《ブロマイド》よりも全身絵をメインにしていったほうが北斎《ほくさい》さんも描《か》きやすいかもしれません。下絵ができたら歌麿《うたまろ》さんが色を決めてください。一九《いっく》さんは彫師《ほりし》、摺師《すりし》の手伝いをお願いします。それから歌麿《うたまろ》さん、このなかでは、おまえさんがいちばん年上なのです。進行役、取りまとめもお願いします」

歌麿《うたまろ》は覚悟《かくご》を決めたような顔。

北斎《ほくさい》はしょうがねえなという顔。

京伝はかなり困《こま》り顔。

一九は、どことなく、ぼーっとした顔。

わたくしは、ぱんぱんと手をたたきました。

「では、みなさん、すぐにとりかかってください！　奥《おく》の間の向こうの襖《ふすま》をはずしてください。長机《ながづくえ》（テーブル）もあります。いちばん奥《おく》で京伝さんが物語をこしらえ、次に北斎《ほくさい》さんが下絵。歌麿《うたまろ》さんが色を決めてください。彫師《ほりし》が彫《ほ》っているあいだに一九さんはいつものように紙を用意して礬水《どうさ》をひいておいてください。一色摺《す》るごとに乾《かわ》かす作業も、一九さん、あなたの仕事ですよ」

「じゃあ、しばらく、わいは暇《ひま》ですね。ちょっと用事があるんで出てきます。すぐにもどってきます」

一九が、そそくさと出ていってしまいます。

歌麿《うたまろ》、北斎《ほくさい》、京伝、そして、わたくしは、口をぽかんを開けたまま見送っておりました。

歌麿《うたまろ》がつぶやきます。

「いまどきの若《わか》い者は、これだから困《こま》る。遊ぶことしか考えてない」

すると――。

「こんにちはぁ。いまどきの若《わか》い者ですけど……」

馬琴《ばきん》あらわる

声がしたかと思うと、店のほうから顔を出した者がいました。整ってはいますが、目が奥《おく》にくぼみ気味な顔立ちの若者《わかもの》です。たしか二十八歳《さい》。馬琴《ばきん》でございます。わたくしや一九《いっく》が着ているもの以上に地味な着物でございます。

わたくしよりも先に、京伝《きょうでん》が声をかけました。

「よぉ、ひさしぶりじゃねえか！」

「あっ、京伝さん！　ひさしぶりです！」

わたくしが聞いたことがある話では——。

いまから四年前、馬琴《ばきん》は京伝に弟子入りをたのんだそうです。ですが京伝は断《ことわ》るかわりに、家に出入りすることを許《ゆる》したということです。

三年前、馬琴《ばきん》は「京伝門人大栄山人《もんじんだいえいさんじん》」と名乗って戯作者《作家の先生》となりました。そして京伝が手《て》鎖《じょう》の刑罰《けいばつ》を受けた半年後、大川《おおかわ》（隅田川《すみだがわ》）の東の深川《ふかがわ》（東京都江東区《こうとう》）を襲《おそ》った高潮《たかしお》のせいで住む家を失ってしまい、まだ手首に後遺症《こういしょう》をかかえていた京伝の家に転がりこんだそうです。

戯作者《作家の先生》としてしだいに力《ちから》をつけたのを見た京伝のすすめもあって、二年前、わたくしは馬《ば》琴《きん》を耕書堂《こうしょどう》で手代《てだい》として雇《やと》い入れたのでございます。もちろん戯作者《作家の先生》としても、でございます。

もとは武士《ぶし》の家柄《いえがら》ですから、本人はいろいろ思うところがあったようでございますがね。

で、耕書堂《こうしょどう》では一年四か月ほど手代《てだい》として住みこんだところで、京伝やわたくしのすすめで馬琴《ばきん》は結婚《けっこん》することになりました。元飯田町中坂《もといいだちょうなかざか》（東京都千代田区九段《くだん》北一丁目）の世《よ》継稲荷《つぎいなり》（築土《つくど》神社）下で履物商《はきものしょう》（シューズショップ）「伊勢屋《いせや》」を営《いとな》む会田《あいだ》家の未亡人《みぼうじん》の百《ひゃく》（三十歳《さい》）の婿《むこ》となったのでございます。

京伝がききます。

「おまえ、会田って苗字《みょうじ》になったんだろ？」

「いやあ、それがイヤでイヤで、本名の滝沢清右衛門《たきざわせいえもん》を名乗ってます。あっ、ここでは、おいらのことは戯作者《作家の先生》としての、曲亭馬琴《きょくていばきん》でお願いします」

「まじめに履物商《シューズショップ》、やってるのかい？」

「とんでもねえ。家内はいちおう履物商《シューズショップ》を開いちゃいますが、客なんか来やしません。だから、おいらは近所の子どもたちに手習い教えたり、長屋の家守《やもり》（大家）でその日暮《ひぐ》らしをしております。で……」

馬琴《ばきん》は、少し前かがみになって体を斜《なな》めにし、藍色《あいいろ》のおんぶひもでくくられている、背中《せなか》の赤ん坊《ぼう》をみなに見せてくれました。

真っ赤な着物に包まれた、すぐに女の子とわかる、かわいい赤ん坊《ぼう》でございます。

わたくしは馬琴《ばきん》にききました。

「ということは、馬琴《ばきん》さん、暇《ひま》ですね？」

「へ、へえ」

「それはよかったです」

「暇《ひま》なのは、けっしてよくありませんよ」

「それもそうです」

「ところで、みなさん、おそろいで、なにかあったんですか？」

「じつはですね……」

わたくしは、これまでの経緯《いきさつ》を説明したうえでたのみました。

「ということなのですよ。馬琴《ばきん》さんも手伝ってください」

「もちろんかまいません。京伝さんの弟子になりたかったぐらいですし、蔦重《つたじゅう》の旦那《だんな》には本も出してもらいましたから。でも、京伝さんみたいに絵まで描《か》けません。だいいち、赤ん坊《ぼう》もいますし」

わたくしは、決まっている役割《やくわり》を伝えたうえで言いました。

「馬琴《ばきん》さんはみなさんのお手伝いをお願いします。いろいろ雑用《ざつよう》もあるかと思いますから」

「わかりました。がんばります！」

「がんばることはありません。長くなるかもしれないのですから」

わたくしの「長くなる」に、みんなが反応《はんのう》してきました。

「いつまでです？」

歌麿《うたまろ》です。

「写楽が部屋から出てくるまでです」

「なんですって！」

「先ほどは言い忘《わす》れておりましたが、写楽が出てくるまでは、みなさんには毎朝通ってきていただきます」

全員の顔がひきつります。

北斎《ほくさい》が渋《しぶ》い顔つきできいてきます。

「明日の朝、来なかったらどうするんで？」

「みなさんにとっては大事な版元《はんもと》をひとつ失《な》くすことになるかもしれません」

「脅《おど》しじゃねえか……」

「脅《おど》しじゃありません。お願いしているのです」

「そういうのを脅《おど》しっていうんだ」

写楽《しゃらく》にきく

歌麿《うたまろ》がきいてきます。

「写楽は、ほんとうに描《か》かないのですか。奥《おく》の部屋にいるのなら、こうしてわれわれが話している気配も伝わっているはずです。ほんとうに描《か》く気持ちがないのか、たしかめちゃいかがです？」

歌麿《うたまろ》の気持ちもわかります。みんな、それぞれに仕事があるのです。できることなら自分の仕事がしたいはずです。耕書堂《こうしょどう》に住んでいる一九《いっく》はともかく。

「わかりました、きいてみましょう」

わたくしは小部屋から出て、奥《おく》の間の脇《わき》の廊下《ろうか》を奥《おく》に進みました。

つきあたった先が、写楽のいる部屋でございます。

わたくしは立ったまま声をかけました。

「写楽の新作を出さないといけませんから、歌麿《うたまろ》さん、北斎《ほくさい》さん、京伝《きょうでん》さん、一九さん、馬琴《ばきん》さんが集まってくれました。ここにいるみなさんで、写楽の絵を描《か》いてもらい、『東洲《とうしゅう》斎《さい》写楽画』の落款《らっかん》（サイン）を入れて売りますよ。それでよろしいですね？」

少しばかり返事を待ちます。

ですが写楽の声は聞こえてきません。

「寝《ね》てんじゃねえか？」

北斎《ほくさい》が言うと、ふだん耕書堂《こうしょどう》で寝起《ねお》きしている一九が教えます。

「いまごろは、しっかり起きてます」

「だったら、なんで返事をしねえ」

「すぐに返事できるくらいなら部屋から出てきてる」

歌麿《うたまろ》が正論《せいろん》を吐《は》きます。

「それもそうだな」

するとゴトゴトと音がしました。

柱と板戸のあいだがかすかに開き、一枚《まい》の紙がするりと出てきました。

紙が廊下《ろうか》に落ちると、ふたたび、板戸が閉《し》まり、つっかえ棒《ぼう》をはめる音がします。

わたくしは紙を拾い上げました。

――「落款《サイン》は写楽画」。

いま使っている「東洲斎写楽画《とうしゅうさいしゃらくが》」の落款《サイン》は使ってほしくないようです。

ふたたび店の奥《おく》の四畳半《じょう》の部屋にもどったところで、歌麿《うたまろ》が落ちついた口調で言いました。

「これからは、われわれで、つまり……」

そこで、わたくしは申しました。

「工房《こうぼう》、それだけではつまりませんね、そうだ、写楽工房《こうぼう》（チーム写楽）にしましょう」

「われら、写楽工房《チーム写楽》で、落款《サイン》が『写楽画』の絵をつくるのですね」

「よろしくお願いいたします」

わたくしは心のなかでは、かなり安堵《あんど》していたのでございます。

父親としてのわたくしと、耕書堂主人《こうしょどう》としてのわたくしが、頭のなかで言い合いをはじめます。

父親「写楽の許可《きょか》なく父親が勝手に決めていいのですか？」

耕書堂《こうしょどう》「写楽の絵を出すことが最優先《さいゆうせん》でしょう」

父親「写楽が反対しやしませんか？」

耕書堂《こうしょどう》「『かまうな』と思っている写楽も、摺《す》り上がった絵を見たら、自分が描《か》いたものではない『写楽』の絵を見たら、気が変わって、やはり自分が描《か》くべきだと思ってくれるかもしれないではありませんか」

写楽工房《しゃらくこうぼう》(チーム写楽)はじまる

見えないトンネル

店の奥《おく》の四畳《じょう》半の小部屋のさらに奥《おく》、ふだん彫師《ほりし》、摺師《すりし》がすわっている六畳《じょう》の奥《おく》の間には、ふすまをへだてて、さらに六畳《じょう》の奥《おく》の間がございます。そのふすまをはずすことで写楽工房《チーム写楽》の仕事場ができあがりました。

ふすまの奥《おく》の間には、入って左の壁際《かべぎわ》に長机《ながづくえ》(テーブル)が並《なら》べられました。奥《おく》から、京伝《きょうでん》、北斎《ほくさい》、歌麿《うたまろ》の順番で畳《たたみ》のうえにすわっています。

手前の部屋の長机《テーブル》はより大きく、いつものように彫師《ほりし》と摺師《すりし》がすわっています。

一九《いっく》はまだ出かけていて、馬琴《ばきん》は赤ん坊《ぼう》をおぶったまま、部屋のなかを手前から奥《おく》へ、奥《おく》から手前へ、行ったり来たりしております。

北斎《ほくさい》が墨《すみ》を摺《す》りながら、右どなりにすわる京伝にきいております。

「写楽は、そのうち部屋から出てくるんだよな?」

「だと思いますがねえ」

「出てきたら、おれたちの仕事は終わるんだよな？」

「そりゃそうでしょうね」

歌麿《うたまろ》が口をはさみます。

「でも、もう二か月もこもっているんでしょ。出てきますかね」

「おいおい。そんなこと言わねえでくれ。おれにはおれの仕事があるんだ」

「北斎《ほくさい》さん、わたしだってそうですよ」

「あっしには煙草《たばこ》屋もあるわけで」

写楽工房《チーム写楽》の連中（メンバー）の話を聞きながら、店にいるわたくしは申し訳《わけ》ない気持ちでいっぱいでした。でも、お願いした以上、がんばってもらうしかありません。

歌麿《うたまろ》が京伝に言います。

「京伝さん、早く題材を決めてくださいな」

「そうですね。河原崎座《かわらさきざ》の歌舞伎《かぶき》『松負婦女楠《まつはみさおおんなくすのき》』で、尾上松助《おのえまつすけ》がやった足利尊氏《あしかがたかうじ》の全身絵なんてどうでしょう」

興味《きょうみ》のある方はお読みください。

河原崎座《かわらさきざ》については、すでに説明しましたね（↓11ページ）。

歌舞伎《かぶき》『松負婦女楠《まつはみさおおんなくすのき》』——足利尊氏《たかうじ》、新田義貞《にったよしさだ》、楠木正成《くすのきまさしげ》、高師直《こうのもろなお》らが登場する、いわゆる「太平記《たいへいき》」ものとされるジャンルの歌舞伎《かぶき》ですね。

尾上松助《おのえまつすけ》——初代です。のちに初代尾上松緑《おのえしょうろく》を名乗りました。二十一世紀《せいき》の世では尾上《おのえ》松助はおりませんが、四代目尾上松緑は活躍《かつやく》しております。

足利尊氏《たかうじ》——鎌倉《かまくら》時代末期に活躍《かつやく》し、室町幕府《ばくふ》を開いた人物ですね。楠木《くすのき》正成のライバルです。

新田義貞《よしさだ》——鎌倉幕府《かまくらばくふ》を滅亡《めつぼう》に追いやった武将《ぶしょう》として知られています。

楠木《くすのき》正成——足利尊氏《たかうじ》は後醍醐天皇《ごだいごてんのう》を裏切《うらぎ》りますが、正成はずっと後醍醐天皇に忠誠《ちゅうせい》をつくしつづけたことで知られています。でも戦《いくさ》で尊氏に敗れてしまいます。

高師直《こうのもろなお》——足利尊氏《たかうじ》のそば近くにつかえた武将《ぶしょう》です。

「太平記」――鎌倉《かまくら》時代の終わりから室町時代はじめにかけてつづいた「南北朝時代」の武《ぶ》将《しょう》たちの活躍《かつやく》を描《えが》いた軍記物語です。


「京伝、それは大首絵《おおくびえ》（ブロマイド）じゃねえじゃねえか」

にらみつけている北斎《ほくさい》の顔が目に浮《う》かびます。

「そうですが、八月に出したのも同じようなものですから、つづきものっぽくていいんじゃないですかね。さっき蔦重《つたじゅう》の旦那《だんな》も、全身絵を増《ふ》やすみたいなこと、言ってませんでした？」

京伝は、寝起《ねお》きしている耕書堂《こうしょどう》で写楽の絵に触《ふ》れているので、ほかの先輩《せんぱい》の絵師《えし》（画家の先生）たちよりくわしいのです。

わたくしは、八月に出したものに似《に》たものを在庫《ざいこ》のなかから一枚《まい》出すと、赤ん坊《ぼう》をあやしながら歩いている馬琴《ばきん》を呼《よ》びました。

「馬琴《ばきん》さん、これを北斎《ほくさい》さんに渡《わた》してください」

「わかりました」

馬琴《ばきん》の声が聞こえます。

「北斎《ほくさい》さん、これを手本にしてほしいそうです」

「ああ、わかった、わかった。やりゃいいんだろ、やりゃ」

北斎《ほくさい》が筆を手に取ります。

散らかる仕事場

「だめだ！」

写楽工房《チーム写楽》の仕事場から北斎《ほくさい》の声が聞こえます。

わたくしは仕事場のほうをのぞきました。

北斎《ほくさい》の動きがぴたりと止まっています。

と思ったら――。

硯《すずり》に筆を置くと、描《か》いていたものをくしゃくしゃと丸めて、そのまま肩越《かたご》しにうしろに放りました。

放たれた紙は弧《こ》を描《えが》いて畳《たたみ》のうえに落ちました。

「ちょ、ちょっと北斎《ほくさい》さん！　散らかさないでください！」

右どなりにすわって、紙にいろいろ書いている京伝《きょうでん》が声をあげます。

「これくらい、いいじゃねえか。おれがやりたいようにやる」

赤ん坊《ぼう》の幸《さき》ちゃんをおんぶした馬琴《ばきん》が「あ〜あ〜」と声をあげながら小走りしていきます。

中腰《ちゅうごし》のまま、体を前にかたむけます。

「うわっ！」

おんぶひものなかにいた幸《さき》ちゃんが、頭の先から落ちかけました。

わたくしが駆《か》けだそうとしたとき、北斎《ほくさい》の左隣《ひだりどなり》にすわって、うしろを見ていた歌麿《うたまろ》があわてて手を差し出してくれました。

正座《せいざ》するかんじで頭をあげた馬琴《ばきん》が、肩越《かたご》しにうしろに顔を向けて、幸《さき》ちゃんの無事をたしかめてから歌麿《うたまろ》に頭を下げます。

「歌麿《うたまろ》さん、ありがとうございました」

「馬琴《ばきん》、気をつけな」

おんぶひものなかにもどった幸《さき》ちゃんは、きょとんとした顔をしています。

おしっこ騒《さわ》ぎ

次の瞬間《しゅんかん》、幸《さき》ちゃんが大きな声で泣きはじめました。

「あ〜！」

歌麿《うたまろ》のさけぶ声が聞こえてきます。

「蔦重《つたじゅう》の旦那《だんな》！　ぞうきん！」

いったいなにごとかと思っていると、お手伝いのヨネさんからなにかを渡《わた》されました。

「旦那《だんな》さま、これを持っていってください！」

ヨネさんに渡《わた》されたのは、ぞうきんでございます。

「ほら、旦那《だんな》さま、早く持ってってくださいな！」

「わ、わかりました」

わたくしは写楽工房《チーム写楽》の仕事場に駆《か》けこみました。

正座《せいざ》をしたままでいる馬琴《ばきん》の背中《せなか》におぶわれている幸《さき》ちゃんが、おしっこをしたようです。

ああ、困《こま》りました。子育てをしたことがないので、どうしていいかわかりません。わたくしがおろおろしていると、ヨネさんにぞうきんをうばわれました。

体格《たいかく》のいいヨネさんが、のしのしと歩いていきます。

「みなさん、離《はな》れて！　馬琴《ばきん》さん、おんぶひもをほどいて！」

「は、はい！」

ヨネさんはぞうきんを畳《たたみ》のうえに落とすと、幸《さき》ちゃんをおんぶひものままかかえて廊下《ろうか》に出ました。

おんぶひもから幸《さき》ちゃんを抜《ぬ》いて、着ているものをすべて脱《ぬ》がせ、おむつもはずしていきます。

「馬琴《ばきん》さん！　おとなりの奥《おく》さんを呼《よ》んできて！　おむつ、着物、帯、おんぶひもも貸《か》してください、って！　それから、おっぱいもください、って！　ほら早く！」

馬琴《ばきん》が仕事場から駆《か》けだしていきます。

「おしっこしたいの、がまんしてたのに、おとっつぁん、気がつかなかったんだよねえ。ごめんねえ」

ヨネさんは、幸《さき》ちゃんの体を手ぬぐいでふいてあげながらあやします。ふだん、こんなにやさしいヨネさんの声を聞いたことがございません。

さらに、ささやくような声ですが、きつい口調で言います。

「一九《いっく》さん！　どこ行ってたのさ！」

どこからかもどってきた一九が、なにが起きたのかを察してあやまります。

「すんまへん、こんなときにおらんで」

「ほら、掃除《そうじ》して！」

ヨネさんが一九の足元にぞうきんを放ります。

歌麿《うたまろ》が責《せ》めます。

「一九、どこをほっつき歩いてたんだい」

「えろぉ、すんまへん！」

「その上方《かみがた》なまりが癪《しゃく》にさわる」

京伝《きょうでん》は立ち上がると、かまわず筆を動かしている北斎《ほくさい》に言っています。

「ほら、立って。掃除《そうじ》の邪魔《じゃま》だから」

「わかった、わかった」

歌麿《うたまろ》は、全体を見渡《みわた》しながら、「さて、どうしたものか」という顔をしています。

「お連れしました！」

仕事場をのぞいているわたくしの脇《わき》を、となりの奥《おく》さんを連れた馬琴《ばきん》がすり抜《ぬ》けていきます。

若《わか》い奥《おく》さんは、両手で風呂敷《ふろしき》包みをかかえています。

「これは、これは、おとなりの……スエさん、急にお呼《よ》び立てして申し訳《わけ》ありません」

となりの金物屋の奥《おく》さんです。若夫婦《わかふうふ》で、このあたりでは子だくさんで知られています。

「いえいえ、困《こま》ったときはおたがいさまですから」

仕事場のほうではなく、廊下《ろうか》に回りこんだスエさんは、正座《せいざ》すると風呂敷《ふろしき》包みをほどきはじめました。床《ゆか》に帯、着物、おむつを広げたうえから、幸《さき》ちゃんを仰向《あおむ》けに寝《ね》かせます。

まさに目にもとまらぬ速さでおむつをはめ、着物を着せ、帯をしめてあげています。

ヨネさんが、仕事場との境目《さかいめ》の障子《しょうじ》をさっと閉《し》めました。

「男性《おとこ》たちは見るんじゃないよ！」

スエさんが幸《さき》ちゃんに乳《ちち》をあたえはじめるからです。

ヨネさんが、みんなに聞こえるように言います。

「あたしは、もう赤ん坊《ぼう》を育ててだいぶんたってて乳《ちち》が出ない。だから、幸《さき》ちゃんがいるあいだ、スエさんに乳《ちち》やりをたのむからね！　いいね、馬琴《ばきん》さん！」

仕事場で正座《せいざ》したままの馬琴《ばきん》が返事をします。

「は、はい！」

声がひっくり返っているのを聞いて、北斎《ほくさい》が笑います。

すぐに歌麿《うたまろ》が北斎《ほくさい》に声をかけます。

「北斎《ほくさい》さん、笑いごとじゃありませんよ。きっちり一発で決めてくれなきゃ。紙がもったいない！」

「うるせえなあ。だったら、おまえが描《か》け！」

「まあまあ」

京伝が割《わ》って入ります。

一九も調子に乗って言います。

「せっかくなので、せいぜいもうけまひょ。一枚《まい》でも多く出しまひょ」

「おまえが言うな！」

歌麿《うたまろ》、北斎《ほくさい》、京伝がいっせいに声をあげました。

ケチな男性《おとこ》

スエさんが隣家《りんか》にもどり、馬琴《ばきん》はふたたび幸《さき》ちゃんをおんぶして立ち上がりました。

北斎《ほくさい》の下絵は、こんどはうまくいっているらしく、筆がすいすい動いています。

その筆の動きがふいに止まりました。

また紙を丸めて捨《す》てるのではないかと、周りの者がかまえていると、北斎《ほくさい》がさけびます。

「腹減《はらへ》った！　だれか饅頭《まんじゅう》でも買ってきてくれ！　おい、一九《いっく》、買ってこい！」

「わいが？　そりゃ、まあ、ええですけど、北斎《ほくさい》さんのおごりでっか？」

「だれが払《はら》うか」

そこで京伝《きょうでん》が言います。

「一九さんが人数分買ってきたら、かかった金額《きんがく》を人数で割《わ》って、それぞれ払《はら》うようにしませんか。割《わ》り勘定《かんじょう》です。あっしは『割《わ》り勘《かん》』と呼《よ》びたいのですがね」

北斎《ほくさい》が声をあげます。

「ケチ臭《くせ》ぇことすんな！」

わたくしはあわてて言いました。

「はいはい！　饅頭《まんじゅう》代は、この蔦重《つたじゅう》がお出ししますから。一九さん、ひとっ走り、お願いします」

「そやから、なんで、わいが？　いまは、馬琴《ばきん》がいちばん若《わか》いやありませんか」

「でしたら一九さん、かわりに赤ん坊《ぼう》を背負《せお》いますか？」

「うっ」

「途中《とちゅう》で泣くかもしれませんねえ。おしっこもらしてしまうかもしれませんねえ」

「わ、わ、わかりやした！　行きやす、行きやす！」

饅頭《まんじゅう》を買いに駆《か》けだす一九の背中《せなか》、そして写楽工房《チームしゃらく》の仕事場のほうをうかがいながら、わたくしは思っておりました。

こんな調子でうまくいくのでしょうか。はじめの一枚《まい》は、写楽工房《チームしゃらく》による「写楽《しゃらく》」の一枚《まい》めは、ちゃんと出すことができるのでしょうか。いえ。出さないわけにはいかないのでございます。とにかく、いまの耕書堂《こうしょどう》にとって写楽は名物（売り）ですからね。写楽は耕書堂《こうしょどう》でしか買えないのですから。

「ちょっと待てよ」

北斎《ほくさい》です。

「なあ、蔦重《つたじゅう》の旦那《だんな》」

「なんです」

「おれたちが写楽の絵そっくりに描《か》いたらよ……」

「ええ」

「それで、これまでどおりに売れたらよ……」

「ええ……」

「写楽、安心して、ますます出てこなくなるんじゃねえか?」

歌麿《うたまろ》がすぐに反応《はんのう》します。

「ありえますよ、蔦重《つたじゅう》の旦那《だんな》」

「しかし耕書堂《こうしょどう》としましては……」

それはそうかもしれませんが、耕書堂《こうしょどう》としましては、わたくしとしましては、いま人気のある写楽の絵を出したいのでございます。

「で、ふと思ったんだがな……」

北斎《ほくさい》がわたくしの顔を見て言ってきます。

「下手に描《か》くっていうのは、どうだい。そうすりゃ、摺《す》り上がった絵を見た写楽が『これなら自分で描《か》く』ってなるんじゃねえか？」

わたくしは、あわてて首を横に振《ふ》りました。

「下手な絵を売るわけにはいきません」

「素人《しろうと》が見てすぐわかるように下手に描《か》くってわけじゃねえ。写楽が見たらわかる程度《ていど》に、だよ」

「そんなことができるのですか？」

「できるさ」

北斎《ほくさい》が筆を動かしはじめたので、わたくしは店先にもどりました。

しばらくすると――。

「やっぱり、できねえ！」

北斎《ほくさい》の声です。

わたくしは写楽工房《チーム写楽》の仕事場に顔を出しました。

北斎《ほくさい》が頭をかかえています。

「どうしたんです？」

「ぎりぎりのところで下手に描《か》けねえ。おれの自尊心《じそんしん》（プライド）が邪魔《じゃま》をしやがる。下手な線の絵を、客に見せるわけにはいかねえってな」

歌麿《うたまろ》が「どうしたものか」という顔をしているので、わたくしは言いました。

「それでいいんですよ。このままつづけてください。北斎《ほくさい》さんが上手に描《か》いたとしても、写楽のことは説得《せっとく》をつづけますから」

「たのむぜ、蔦重《つたじゅう》の旦那《だんな》」

頭をかかえたまま、北斎《ほくさい》がつぶやきます。

摺《す》りの工程《こうてい》

数日後――。

のせる絵の具の色ごとに一枚《まい》一枚《まい》を彫《ほ》った版木《はんぎ》ができあがりました。

ぜんぶで七枚《まい》ほどあるでしょうか。もちろん完成する絵、絵の具の色の数によって、枚数《まいすう》は異《こと》なります。

これからが摺師《すりし》の出番です。

摺師《すりし》は、版木《はんぎ》に絵の具をのせていき、一九《いっく》が礬水《どうさ》をひいて乾《かわ》かしてある紙に摺《す》っていくのでございます。

浮世絵《うきよえ》の場合、いちどに摺《す》るのは二百枚《まい》。色ごとに二百枚《まい》摺《す》るのをくりかえすのです。

大首絵《ブロマイド》の場合、およそ、のせる色の順番は決まっています。

興味《きょうみ》のある方はお読みください。


先日、若奥《わかおく》さまが買い求めていった『三代目大谷鬼次《おおたにおにじ》の江戸兵衛《えどべえ》』を例にとってご説明いたしましょう。

一【薄墨《うすずみ》】まず構図《こうず》がわかるように絵全体を薄墨《うすずみ》で摺《す》って土台とします。

二【墨《すみ》】眉《まゆ》、目、口の線を入れます。

三【紅《べに》】目尻《めじり》の隈取《くまどり》、胸元《むなもと》から見える紅色《べにいろ》の着物の生地《きじ》を入れます。

四【黄】完成したものでは茶色の縞模様《しまもよう》の生地《きじ》にあたる部分を入れます。

五【草】着物の裏地《うらじ》にあたる部分を入れます。

これからの三色は一枚《まい》の版木《はんぎ》でこなします。

六【薄黄《うすぎ》】顎《あご》ひげの薄《うす》い剃《そ》りあとを入れます。

七【薄墨《うすずみ》】もみあげの先の部分を入れます。

八【ベンガラ】黄をのせた着物の縞模様《しまもよう》にベンガラをのせて引き締《し》めます。

九【艶墨《つやすみ》】髪《かみ》の毛、着物の墨色《すみいろ》を鮮《あざ》やかにします。

二の版木《はんぎ》をもういちど使います。

十【雲母《きら》】雲母《きら》をのせない部分に型紙《かたがみ》をのせて、膠《にかわ》に墨《すみ》と雲母《きら》をまぜたものを塗《ぬ》ります。

ここでは版木《はんぎ》は使いません。

十一【墨《すみ》】落款《らっかん》（サイン）を入れます。

以上、版木《はんぎ》は計七枚《まい》です。


以上の作業をくりかえして京伝《きょうでん》が考えた図案七種類を一気に発売することにしました。

「また写楽《しゃらく》を売り出しますよ」と強く印象《いんしょう》づけるためでした。

そのため写楽工房《チーム写楽》の仕事場はもちろん家のあちこちに摺《す》る途中《とちゅう》の、または摺《す》り上がった浮世絵《うきよえ》が山積みになっていきました。

できあがるまでの仕事場は、もはや戦場《いくさば》、修羅場《しゅらば》でございました。

雑魚寝《ざこね》の始末

はじめは、みな、それぞれの家から通ってきていましたが、摺《す》りがはじまると耕書堂《こうしょどう》で雑魚寝《ざこね》をしなければならなくなりました。

夜、寝《ね》るときになると、歌麿《うたまろ》が写楽工房《チーム写楽》のみんなに声をかけます。

「寝《ね》るにしても、摺《す》り上がったものに気をつけてくださいよ」

行灯《あんどん》の明かりを消して、みんなが寝静《ねしず》まったと思ってすぐです。

仕事場から大きな声が聞こえてきました。

――「みんな、起きろ！」

歌麿《うたまろ》の声です。

わたくしは、寝間着《ねまき》のまま写楽工房《チーム写楽》の仕事場に駆《か》けつけました。

「なにごとです！」

すでに行灯《あんどん》に明かりがつけられています。

立っている歌麿《うたまろ》のすぐうしろに立ったわたくしは事態《じたい》がのみこめました。

部屋のあちこちに、ぜんぶ摺《す》り上がったもの、途中《とちゅう》まで摺《す》っているものなどが、きれいな状態《じょうたい》のものから、折れ曲がってしまっているものまで、何枚《まい》も散らばっているのです。

少しでも折れ曲がってしまっているものは売り物になりません。

きっと寝相《ねぞう》の悪い者がいたのでしょう。

歌麿《うたまろ》がさけびます。

「だれだよ！　すごい紙の音がしたので飛び起きたら、このざまだ！」

すると北斎《ほくさい》が寝《ね》ぼけた顔のまま、言います。

「下手人《げしゅにん》（犯人《はんにん》）はおめえじゃねえか！」

「は？」

歌麿《うたまろ》が首をひねります。

「鏡を見てみろ！」

わたくしのうしろから、やはり寝間着姿《ねまきすがた》のヨネさんが手鏡を差し出してくれます。

北斎《ほくさい》が言います。

「歌麿《うたまろ》に渡《わた》してやれ！」

歌麿《うたまろ》が手にした鏡に映《うつ》ったのは、まだ絵の具が乾《かわ》ききっていないせいで、しっかり絵の一部が転写された歌麿《うたまろ》の頬《ほお》だったのです。それだけではなく、手の甲《こう》にも、しっかり絵の具がついていました。

ヨネさんに手鏡を返してから、歌麿《うたまろ》が頭を下げ、消え入りそうな声であやまります。

「みんな、起こして申し訳《わけ》ない……」

こんな騒《さわ》ぎが起きているにもかかわらず、写楽《しゃらく》がみんなの前に姿《すがた》をあらわすことはありませんでした。

落款《サイン》が二種類

いよいよ、写楽工房《チーム写楽》による「写楽画《しゃらくが》」を売り出す日の朝です。

店頭に出すために、わたくしは七枚《まい》の「写楽」の絵を手に取りました。

写楽が描《か》いたものではありませんが、お客さまはきっと見分けがつかないでしょう。

それほどの出来栄《できば》えです。

北斎《ほくさい》が言っていたように、ますます写楽は部屋から出てこなくなるかもしれません。

絵師《画家の先生》たちが協力してくれなくなる前に、部屋から出るよう、なんとか写楽を説得《せっとく》しなければいけません。

七枚《まい》の「写楽」の絵から視線《しせん》をはずそうとして、なにかが気になったわたくしは、もういちど、しげしげと見ていてさけんでしまいました。

「ちがう！」

ここ数日、仕事場に泊《と》まりこんでいる戯作者《げさくしゃ》(作家の先生)、絵師《画家の先生》、彫師《ほりし》、摺師《すりし》たちが、いっせいに目を覚ましました。

目をしょぼしょぼさせながら歌麿《うたまろ》がきいてきます。

「蔦重《つたじゅう》の旦那《だんな》、いったい、どうしたんです？」

「どうもこうもありません！　落款《サイン》がすべて『東洲斎写楽画《とうしゅうさい》』になってるではありませんか！　写楽は『写楽画』として、自分の絵と、写楽工房《チーム写楽》の絵を区別してほしいと、言っていましたよね」

「あっ、そうでしたね」

「どこでまちがえたのです？」

「いや、はっきりとは……」

全員が起き出してきました。みな、目をしょぼしょぼさせています。目をこする者、あくびをしている者など、さまざまでございます。

わたくしはききました。

「だれが落款《サイン》を決めたのですか？」

彫師《ほりし》が手をあげます。

「自分ですが……なにか……」

「写楽は、落款《サイン》を『写楽画』だけにしてくれと言っていたのです」

「自分は聞いておりません」

「えっ。――あっ、あのとき……」

みんなが写楽の部屋の前に行ったとき、彫師《ほりし》と摺師《すりし》はいっしょではありませんでした。

歌麿《うたまろ》が言います。

「わたしの責任《せきにん》です。検査《けんさ》（チェック）が甘《あま》かったのです。摺《す》り直しましょう」

自分の寝相《ねぞう》のせいで浮世絵《うきよえ》を散らかしてから、歌麿《うたまろ》はどこか弱気になっています。

彫師《ほりし》と摺師《すりし》が、いかにもイヤな顔つきをしています。

彫師《ほりし》も『写楽画』の落款《サイン》を入れた版木《はんぎ》をつくらなければならないのです。

なによりもたいへんなのは摺師《すりし》です。ぜんぶを摺《す》り直すとなると、ものすごい労力です。

手伝う者たちも、また泊《と》まりつづけなければならなくなります。

重苦しい空気がただよっていると、北斎《ほくさい》が言い放ちました。

「売っちまえ。せっかく摺《す》ったんだ。もったいねえ！　歌麿《うたまろ》のせいで何枚《まい》も摺《す》り直したのもあるんだ！」

「すまなかった……」

歌麿《うたまろ》が頭を下げる。

北斎《ほくさい》がつづける。

「次から落款《サイン》を変えればいいだけのことじゃねえか。な？　蔦重《つたじゅう》の旦那《だんな》！」

「そうですよ」と京伝《きょうでん》。

「それがええわ。北斎《ほくさい》さんにしちゃ、ええこと言う」と一九《いっく》。

「おいらも賛成《さんせい》です」と馬琴《ばきん》。

わたくしは、このなかでいちばん年上の歌麿《うたまろ》のほうを見ました。

「歌麿《うたまろ》さんは、どう思います」

「売ってもいいのではないかと思います」

「わかりました。写楽には断《ことわ》っておきます」

「これで『ほかの絵師《画家の先生》にまかせておけない』ってなりゃいいがなあ」

北斎《ほくさい》です。

でも、そんなに甘《あま》くはないでしょうね。

そう思います。

写楽工房《チーム写楽》の新作、売り出す

「東洲斎写楽《とうしゅうさいしゃらく》画」の落款《サイン》が入った七枚《まい》の浮世絵《うきよえ》は、耕書堂《こうしょどう》の店頭にて売り出されることになりました。

店にいらっしゃる常連《じょうれん》のお客さまには、十一月に入ったあたりで「写楽の新作七点」を出すことが決まったことを伝えてありましたので、河原崎座《かわらさきざ》の狂言《きょうげん》『松負婦女楠《まつはみさおおんなくすのき》』で、尾上松助《おのえまつすけ》が演《えん》じた足利尊氏《あしかがたかうじ》の全身の絵など計七点を摺《す》った版画《はんが》は、まさに飛ぶように売れました。

はじめに摺《す》った二百枚《まい》がすぐに底をつくことが予想できましたので、発売初日から写楽工房《チーム写楽》の仕事場では増《ま》し摺《ず》りをさせたのでございます。

そのあいまをぬって、わたくしは新作七枚《まい》を手にして、写楽の部屋の前の廊下《ろうか》に置きました。

「写楽よ、写楽工房《チーム写楽》作の新作七枚《まい》ができました。ただ、彫師《ほりし》に話が通っていなかったため、落款《サイン》が『東洲斎《とうしゅうさい》写楽画』のままなんです。申し訳《わけ》ないと思っています」

返事がありません。

「次からは、落款《サイン》は『写楽画』にします。あとで絵を見ておいてください。それで、写楽が気に食わなければ、出てきて、みずから描《か》いてくれれば、それがいちばんなんですからね」

やはり返事はありません。

父親としてのわたくしと、耕書堂《こうしょどう》主人としてのわたくしが、頭のなかで言い合いをはじめます。

父親「写楽は、きっとわたくしの気持ちをわかってくれます」

耕書堂《こうしょどう》「いまごろ怒《おこ》っているのではありませんか？」

父親「そんなことはないと……」

耕書堂《こうしょどう》「そうですかねぇ。二か月以上も、こもりびとをつづけているんですよ」

しばらくして廊下《ろうか》に出てみると、七枚《まい》の浮世絵《うきよえ》はなくなっていました。部屋のなかで見たのでしょう。でも写楽が部屋から出てくることはありませんでした。

わたくしが仕事場に顔を出すと、増《ま》し摺《ず》り作業を手伝っている戯作者《作家の先生》、絵師《画家の先生》たちのなかから、歌麿《うたまろ》が声をかけてきました。

「写楽は出てきましたか」

「いえ」

「そうですか。落款《サイン》の件《けん》で怒《おこ》っているんですかね」

「さあ、わかりません」

そこで北斎《ほくさい》が両手をうしろについて、顔をあげます。

「なんでえ、この七枚《まい》で終わりじゃねえのか。おれは今日にでも解放《かいほう》されると思っていたんだがな」

本心からそう思っていないことは、ほかの者もわかっているようでした。北斎《ほくさい》にすれば、いちおう希望をこぼしたのでしょう。

わたくしは頭を下げました。

「もう少しお願いします」

北斎《ほくさい》が口をとがらせます。

「売り出す前までは通いでいいよな」

「もちろん」

京伝《きょうでん》が言います。

「蔦重《つたじゅう》の旦那《だんな》が頭を下げてるんだ。もう少し、『写楽』をやろうじゃないですか。なあ、一《いっ》九《く》」

「へえへえ、やりやすよ。なあ、馬琴《ばきん》」

馬琴《ばきん》が、少し心配そうに言います。

「おいらはいいんですが、となりのスエさん、だいじょうぶでしょうか。いつまでもお乳《ちち》をいただいて」

わたくしはうなずきました。

「スエさんも、幸《さき》ちゃんがとてもかわいいみたいで、よろこんでいましたよ」

「ならいいのですが、なんだか申し訳《わけ》なくて」

「――そのかわり、みなさん、しっかり『写楽』の絵をつくりあげてくださいよ」

次こそは『写楽画』の落款《サイン》の入った「写楽の新作」をつくらなければなりません。

相撲絵誕生《すもうえたんじょう》の事情《じじょう》

ほれた「女性《じょせい》（おなご）」

「おーい、一九《いっく》はどうした。そろそろ彎水《どうさ》をひかなきゃいけねえんじゃねえか？」

北斎《ほくさい》の声が聞こえてきます。

歌麿《うたまろ》が、赤ん坊《ぼう》の幸《さき》ちゃんをおんぶしている馬琴《ばきん》に声をかけるのがわかります。

「馬琴《ばきん》、一九のかわりに礬水《どうさ》をひいてくれ」

「やったことありません」

「ほんとう（マジ）かよ」

歌麿《うたまろ》が困《こま》っていると、さらに摺師《すりし》が言います。

「このなかでできるのは、わしと一九だけですよ」

「しょうがねえ。摺師《すりし》に手間をかけることになるが」

「しかたありませんね」

そのときです。

一九がもどってきました。一九が写楽工房《しゃらくこうぼう》（チーム写楽）の仕事場に入りながら言います。

「そろそろ礬水《どうさ》をひくころでしょ！」

一九につづいて、わたくしも仕事場のほうに目をやりました。

北斎《ほくさい》が、描《か》くのに失敗した紙を肩越《かたご》しに投げ散らかしながら、さけびます。

「どこ、ほっつき歩いてやがった！」

一九は、礬水《どうさ》をひく作業にとりかかりながら、まるで世間話でもはじめるように言います。

「あとで、みなさんに、とくに京伝《きょうでん》さんにお願いがありまして」

あいかわらず抑揚《よくよう》（イントネーション）は上方《かみがた》なまりです。

はじめの七枚《まい》を売り出して、増《ま》し摺《ず》りのために、しばらくはバタバタしておりましたが、このところは落ちついてきています。

なので、このところ一九はよく抜《ぬ》け出して、いなくなります。

男性《だんせい》（おとこ）だから、そういうことかと、おおよその察しはついていますので、一九に声をかけることにいたしました。

「一九さん、ほれてる……でもいるのですか？」

あえて「女性《おなご》」とは言いませんでした。

「ええ、まあ」

「『ええ、まあ』？　はっきりしなさいよ」

「それが、はっきりできねえんで」

「どういうことです？」

戯作者《げさくしゃ》（作家の先生）、絵師《えし》（画家の先生）、彫師《ほりし》、摺師《すりし》たちは顔をこそ向けていませんが、聞き耳を立てている気配が伝わってきます。

「女性《おなご》のなりはしてますが、男性《おとこ》で」

「ん？」

わたくしは、一九の言っていることがすぐには理解《りかい》できませんでした。

「女形《おやま》なんで」

ああ、やっと理解《りかい》できました。

女形《おやま》というのは、歌舞伎《かぶき》のなかで女性《おなご》役を演《えん》じる男性《おとこ》の役者のことでございます。

そもそも歌舞伎《かぶき》は江戸《えど》時代がはじまる少し前ごろに出雲《いずも》の阿国《おくに》という女性《おなご》がはじめた大《たい》衆演劇《しゅうえんげき》です。ですが、まず風紀《ふうき》を乱《みだ》すという理由で女性《おなご》が演《えん》じることが禁《きん》じられ、さらに若《わか》い少年たちが演《えん》じることも禁《きん》じられ、五代将軍徳川綱吉《しょうぐんとくがわつなよし》さまのころに野郎歌舞伎《やろうかぶき》という、おとなの男性《おとこ》だけの歌舞伎《かぶき》になったのでございます。

男性《おとこ》の役者しかおりませんから、若《わか》い女性《おなご》の役から老婆《ろうば》の役まで男性《おとこ》の役者が演《えん》じるのでございます。なかには女形専門《おやませんもん》の役者もいるくらいです。女形《おやま》の動きは、女性並《おなごな》み、どころか、女性《おなご》よりも女性《おなご》っぽいことが多いのでございます。女形《おやま》をひいきする客は、男性《おとこ》だけではございません、女性《おなご》もおります。

「女形《おやま》」と打ち明けてからの一九は、急に、おしゃべりになりました。

「歌舞伎《かぶき》の端役《はやく》の女形《おやま》なんですがね、これが女性《おなご》と見まちがえるような、ええ男性《おとこ》、いや、ええ女性《おなご》、でしてねえ」

一九が、その女形《おやま》と出会ってからののろけ話がはじまると、戯作者《作家の先生》や絵師《画家の先生》たちの手が動きはじめたのでございます。他人《ひと》さまののろけ話ほど、どうでもいいことはございません。

女形《おやま》の隠《かく》し子《ご》

わたくしは、一九《いっく》が言っていたことを思い出して、のろけ話の腰《こし》を折ってやりました。

「一九さん、さっき、『あとで、みなさんに、とくに京伝《きょうでん》さんにお願いがありまして』と言っていましたね。どういうことです？」

戯作者《作家の先生》や絵師《画家の先生》たちの手が止まる。

なかでも京伝は、立ち話をしている一九とわたくしのほうに顔を向けてきています。

「じつはですね……」

一九が話したところによると――。

ほんとうは女性《おなご》のことが好きな一九ですが、しばらく前、歌舞伎《かぶき》を観《み》に行ったとき、舞台《ぶたい》のはしっこで演《えん》じていた女形《おやま》の美しさにほれこみ、楽屋まで会いに行ったそうでございます。

ほとんどの場合は、主役を演《えん》じるほどの役者に人気が集まり、ほかの役者との人気の差はかなり大きいものです。

ですので、その女形《おやま》はよほどうれしかったのか、すぐに一九と親しくなり、舞台《ぶたい》の外で会うようになったそうでございます。

あるとき酒が入ったときに、こんな話をされたそうでございます。

八年ほど前、生まれ故郷《こきょう》の山形《やまがた》に行ったとき、宿ではたらく女性《おなご》と恋仲《こいなか》になって子ができたそうです。女性《おなご》には夫がいたため、あくまでも夫の子として産み、名を文五郎《ぶんごろう》と命名。

その子は生まれるなり、母親に似《に》たのか、どんどん体が大きくなって力士《りきし》のようになって評判《ひょうばん》を呼《よ》び、しこ名「大童山《だいどうざん》」までついた、と。

歌麿《うたまろ》がうなずきます。

「どれくらい大きいんだい」

「いま七歳《さい》ですが、身の丈《たけ》三尺《じゃく》九寸《すん》七分《ぶ》（百二十センチ）、重さ十九貫《かん》（七十一キロ）、腹《はら》まわり三尺《じゃく》六寸《すん》（百九センチ）だそうで」

「身の丈《たけ》こそ小さいが、ほかは、おとな顔負けだな」

「へえ。最近、ちゃんと相撲部屋《すもうべや》にも入ったらしいですよ」

「そりゃ、たいしたもんだ」

そこで京伝がききます。

「その大童山文五郎《だいどうざんぶんごろう》と、あっしとどういう関係があるんだい？」

「わいが耕書堂《こうしょどう》にいるっていったら、こんど両国《りょうごく》の本所回向院《ほんじょえこういん》（東京都墨田《すみだ》区両国二丁目）で勧進相撲《かんじんずもう》があって、土俵入《どひょうい》りをするから浮世絵《うきよえ》にしてほしいって言われやして」

勧進相撲《かんじんずもう》は人気のある行事でございます。

もとは神社仏閣《ぶっかく》の修繕《しゅうぜん》のカネを集めるために木戸銭《きどせん》（入場料）をとる行事でしたが、いまでは神社仏閣《ぶっかく》が興行《こうぎょう》を仕切れば「勧進相撲《かんじんずもう》」と呼《よ》ぶようになっております。

京都、大坂、江戸《えど》で開かれ、江戸《えど》の場合、あちこちの寺社の境内《けいだい》でおこなわれておりましたが、いまから十年くらい前からは、江戸《えど》ではもっぱら回向院《えこういん》で開かれるようになっております。

「はあ？　その子の絵を描《か》いてくれっていうのかい？」

「へえ」

「ダメ、ダメ！　力士《りきし》の絵なんざ、聞いたことねえ！」

「そうだなあ」

歌麿《うたまろ》がうなずくと、北斎《ほくさい》が首を横に振《ふ》りました。

「いいじゃねえか」

「どういうことだ、北斎《ほくさい》」

歌麿《うたまろ》が顔をしかめます。

「大首絵《ブロマイド》とくらべてみろよ。相撲絵《すもうえ》なんか売れっこねえ」

「そりゃそうだ」

「写楽《しゃらく》、怒《おこ》るんじゃねえか？　こんな絵、ぼくの名前で描《か》きやがって、って」

「そうすれば……」

歌麿《うたまろ》が、わたくしの顔を見上げてきます。

そうです、そうです、写楽が怒《おこ》って、部屋から出てくるかもしれないではありませんか。

「いいですね」

一九の顔がほころぶ。

「やった！」

北斎《ほくさい》が言う。

「一九、おめえ、あとさき考えず、その女形《おやま》と約束しちまったんだろ」

「うっ」

「あ？」

「それが、その……」

一九が頭をぽりぽり掻《か》いています。

「てめえ！」

立ち上がろうとする北斎《ほくさい》を、歌麿《うたまろ》が「まあまあ」とおさえてから言います。

「一九に、そんなことを決める権利《けんり》はないよな？」

「へえ」

「だが、今回は……」

歌麿《うたまろ》が、ふたたび、わたくしの顔を見てきます。

「まあ、いいでしょう。今回にかぎっては許《ゆる》しましょう。それに、その女形《おやま》も、わが子を思ってのことでしょうから」

わたくしは写楽のことを思い出していたのでございます。その女形《おやま》は、旅先でつくった自分の息子《むすこ》が有名になり、自慢《じまん》したいのでございましょう。女形《おやま》の気持ちがわからないわけではございません。

わたくしは、京伝に向かって言いました。

「相撲絵《すもうえ》は、写楽工房《チームしゃらく》で描《か》けそうですか？」

京伝が口をぽかんと開けています。

「歌舞伎《かぶき》は観《み》たことありますが、相撲《すもう》は……」

「ならば、土俵入《どひょうい》りの日、みんなで観《み》にいきましょう」

「やった！」

一九が感動した声をあげます。

「一九さん、あなたのためではありません。相撲絵《すもうえ》を見た写楽が怒《おこ》って部屋から出てくるのを願って、です。ですが、その女形《おやま》に、ひとつたのみたいことがあるのです」

「なんです？」

「相撲絵《すもうえ》ができたあとでいいので、大童山文五郎《だいどうざんぶんごろう》を連れてきてほしいのです」

「耕書堂《こうしょどう》に？　なんのために？」

父親としてのわたくしと、耕書堂《こうしょどう》主人としてのわたくしが、頭のなかで言い合いをはじめます。

父親「あの部屋から写楽を出してあげたいです」

耕書堂《こうしょどう》「これまでやってきたのです。放っておけばいいのでは？」

父親「そうはいきません」

耕書堂《こうしょどう》「勝手にしてください」

「相撲絵《すもうえ》を出しても写楽が部屋から出てこなかったら、大童山文五郎《だいどうざんぶんごろう》に写楽の部屋の戸をこじ開けさせてほしいのです。なんなら、たたき壊《こわ》してもかまいません」

「本気でっか？」

「本気です」

「わ、わかりやした」

両国回向院《えこういん》の土俵入《どひょうい》り

回向院の境内《けいだい》は、すごいにぎわいでございました。

勧進相撲《かんじんずもう》がおこなわれるというだけで、人がたくさん押《お》しかけるのでございますが、「七歳《さい》の子どもが土俵入《どひょうい》りをする」とウワサが広がり、いつもの勧進相撲《かんじんずもう》以上の人気ぶりでございます。

今日ばかりは耕書堂《こうしょどう》は番頭《ばんとう》の勇助《ゆうすけ》にまかせ、わたくしは、写楽《チーム》工房《写楽》の歌麿《うたまろ》、北斎《ほくさい》、京伝《きょうでん》、一九《いっく》、幸《さき》ちゃんをおんぶした馬琴《ばきん》、それに彫師《ほりし》と摺師《すりし》を連れ、日本橋から東に歩き、大川《おおかわ》（隅田川《すみだがわ》）に架《か》かる両国橋（武蔵国《むさしのくに》〈東京都〉・下総国《しもうさのくに》〈千葉県〉の境目《さかいめ》に架《か》かっているからという意味）を渡《わた》ってきたのでございます。

この日は、橋を渡《わた》る多くの人が勧進相撲《かんじんずもう》めあてのようでございました。次々と、回向院境《けい》内《だい》に人が吸《す》いこまれていきました。

ただし、境内《けいだい》に入っていくのは男性《おとこ》だけなのです。

土俵《どひょう》は神聖《しんせい》なものとされているため、勧進相撲《かんじんずもう》を観《み》ることができるのは男性《おとこ》だけなのでございます。

大童山文五郎《だいどうざんぶんごろう》を見たい女性《おなご》もいるでしょうに残念なことでございます。

なんとか全体を見まわせるところから立ったまま観覧《かんらん》することになりました。

いちばん前ではしゃぐ一九と馬琴《ばきん》に、わたくしは言いました。

「じっさいに描《か》く絵師《画家の先生》や彫師《ほりし》たちが前。一九さん、馬琴《ばきん》さんは、うしろへ」

「へ、へえ」

京伝には浮世絵《うきよえ》の絵柄《えがら》を、北斎《ほくさい》には力士《りきし》の顔と体つきを、歌麿《うたまろ》には、力士《りきし》のふんどしであるまわしなどの色の記憶《きおく》を、もちろん、彫師《ほりし》も摺師《すりし》も、実物を見ると見ないとではできあがりを大きく左右するからです。

力士たちが相棒をとる土俵《どひょう》を囲《かこ》むように四本の柱、うえには東屋《あずまや》づくりの屋根がつくられております。

露払《つゆはら》いにつづいて、力士《りきし》たちが入ってきます。

そのなかに、明らかに子どもとわかる力士《りきし》が入っております。子どもにしては巨《おお》きいのですが、おとなの力士《りきし》のなかに入ると、すぐに子どもとわかります。

あれが大童山文五郎《だいどうざんぶんごろう》なのでございましょう。

境内《けいだい》のあちこちから歓声《かんせい》がわき、「大童山文五郎《だいどうざんぶんごろう》！」という声も聞こえてきます。

大童山文五郎《だいどうざんぶんごろう》の土俵《どひょう》入《い》りがはじまりました。

体格《たいかく》がいいといっても、やはり七歳《さい》の子どもです。ほかの力士《りきし》とは迫力《はくりょく》が異《こと》なります。

境内《けいだい》は、どちらかというと、親戚《しんせき》の子を見守る、あたたかい空気に包まれております。

わたくしの背後《はいご》から会話が聞こえてきました。

――「大関の小野川喜三郎《おのがわきさぶろう》がいないな」

――「上方《かみがた》（関西）に行っているらしい」

わたくしは、うしろにいる相撲《すもう》好《ず》きにたずねました。

「ここにいる力士《りきし》たちというのは……」

その方が、力士《りきし》の名前を教えてくださいました。

興味《きょうみ》のある方はお読みください。

大関　谷風梶之助《たにかぜかじのすけ》

大関　雷電為右衛門《らいでんためえもん》

関脇《せきわけ》　陣幕島之助《じんまくしまのすけ》

前頭筆頭《まえがしらひっとう》　九紋龍清吉《くもんりゅうせいきち》

前頭二枚《まい》目　玉垣額之助《たまがきがくのすけ》

前頭三枚《まい》目　勢見山兵右衛門《せいみざんひょうえもん》

前頭四枚《まい》目　和田原甚四郎《わだはらじんしろう》

前頭五枚《まい》目　花頂山五郎吉《かちょうざんごろきち》

前頭六枚《まい》目　達ケ関森右衛門《だてがせきもりえもん》

幕下《まくした》三枚《まい》目　宮城野錦之助《みやぎのにしきのすけ》

谷風と、この日はいなかった大関の小野川喜三郎は「横綱《よこづな》」の称号《しょうごう》を得《え》ていましたが、番付に「横綱《よこづな》」の肩書《かたがき》がのるようになったのは明治時代になってから。谷風と小野川の前にも「横綱《よこづな》」とされる人物が三人いますが、後世に与《あた》えられた名誉職《めいよしょく》ですから、谷風と小野川が事実上最初の横綱《よこづな》です。この二人の全盛期《ぜんせいき》のあとは雷電《らいでん》が全盛期《ぜんせいき》をむかえて最強とされましたが「横綱《よこづな》」の称号《しょうごう》はもらえませんでした。


「へえ、力士たちの名前をすべて言えるなんて、すごいな」

こんどは京伝の声が聞こえてきます。

京伝も聞いていたようでございます。

わたくしは、うしろの方々に頭を下げてから、京伝に言いました。

「ここにいる力士《りきし》たちをぜんぶ入れましょう」

「でも、一枚《まい》に入りきりますかね」

土俵《どひょう》とその周囲《しゅうい》をながめたわたくしは京伝に提案《ていあん》しました。

「土俵入《どひょうい》りしている大童山文五郎《だいどうざんぶんごろう》の全身を一枚《まい》、左側の五人が文五郎《ぶんごろう》を見ているのを一枚《まい》、右側の五人が文五郎《ぶんごろう》を見ているのを一枚《まい》、三枚横並《まいよこなら》びで一つの絵に見えるようにしてはどうでしょう」

京伝が目を見開きます。

「それは斬新《ざんしん》ですね」

そうすれば客は三枚《まい》買いたくなるというものでございます。われながら商売にもなる良いことを考えました。

歌麿《うたまろ》もうなずく。

「おもしろいですよ」

北斎《ほくさい》があたりを見まわします。

「見たことある絵師《画家の先生》が、あちこちにいるぜ」

北斎《ほくさい》の視線《しせん》の先を見ると、ほかにも筆を手に力士《りきし》の絵を描《か》いている絵師《画家の先生》らしき者たちの姿《すがた》も見ることができました。

「これは負けていられませんね」

「蔦重《つたじゅう》の旦那《だんな》、早く売り出したほうの勝ちですぜ」

相撲絵《すもうえ》にとりかかる

回向院《えこういん》からの帰り、両国橋を渡《わた》りながら、わたくしはずっと京伝《きょうでん》と話していました。

「しかし蔦重《つたじゅう》の旦那《だんな》、三枚《まい》つづきったぁ、おもしろいことを思いつきましたね。よその版《はん》元《もと》は思いついてないでしょうよ」

「おそらくな。ですが……」

わたくしは足の動きを止めました。

川面《かわも》を走る風が心地よいです。

回向院からの帰りとおぼしき者たちが橋の左右中央あたりで立ち止まり、風を顔に受けて涼《すず》んでおります。

「どうしました？」

京伝がきいてきます。

「いいことを思いつくのは性分《しょうぶん》ですかね。写楽《しゃらく》が『こんな絵』とさげすむような浮世絵《うきよえ》を出さなければならないというのに」

「じゃあ、やめときますか。三枚《まい》つづき」

「うっ」

父親としてのわたくしと、耕書堂《こうしょどう》主人としてのわたくしが、頭のなかで言い合いをはじめます。

耕書堂《こうしょどう》「せっかく良いことを思いついたんです。ほかの版元《はんもと》に先を越《こ》されたら悔《くや》しくなりますよ」

父親「そんなことをしたら写楽が落ち込《こ》みませんか？　ますます部屋から出てこなくなるのではありませんか？」

耕書堂《こうしょどう》「そんなことをうじうじ言っているあいだに、ほかの版元《はんもと》に同じような三枚《まい》つづきの相撲絵《すもうえ》を出されたらどうする」

父親「ますます写楽が部屋から出てこなくなっても知りませんよ」

耕書堂《こうしょどう》「まかせておけ。なんとかしてみせる」

「三枚《まい》つづき、やりましょう」

「そう言うと思いましたよ」

京伝がうなずきます。

日本橋通油町の耕書堂《こうしょどう》にもどるなり、京伝が三枚《まい》つづきの構図《こうず》を考えはじめました。

京伝の左隣《ひだりどなり》にすわっている北斎《ほくさい》が声をかけます。

「あまり、むずかしいのにしないでくれよ」

「三枚《まい》つづきだからむずかしくなりますよ」

「なんだと？」

北斎《ほくさい》の眉間《みけん》にしわが寄《よ》ります。

「だって、三枚《まい》つづきには、北斎《ほくさい》さんも賛成《さんせい》していましたよね？」

「うるせえ。あんときは、あんときだ。いまは、めんどうくせえと思っている」

「でも蔦重《つたじゅう》の旦那《だんな》が決めたことですから」

京伝がざっと下書きしたものを、北斎《ほくさい》に渡《わた》す。

「顔がわからねえじゃねえか」

「そこに力士《りきし》の名前が書いてあるでしょ。思い出してくださいよ」

「いちいち覚えていられるか」

そこで歌麿《うたまろ》が割《わ》って入ります。

「わたしが、だいたい覚えていますから、修正《しゅうせい》を指示《しじ》しますよ」

「だったら、おまえが描《か》けよ」

歌麿《うたまろ》の顔が少し不機嫌《ふきげん》になります。

「えーん！」

馬琴《ばきん》がおんぶした赤ん坊《ぼう》の幸《さき》ちゃんが泣きはじめました。

すぐにお手伝いのヨネさんの声がします。

――「おスエさんを呼《よ》んできな！　ダメダメ、おんぶしたまま歩いてて、幸《さき》ちゃんがおしっこしたらどうするんだい！　幸《さき》ちゃんを廊下《ろうか》に寝《ね》かせるんだよ！」

そこで北斎《ほくさい》がさけびます。

「あーっ！　うるさい！」

すると北斎《ほくさい》の声よりも大きな声で歌麿《うたまろ》がさけびます。

「北斎《ほくさい》！　いいから描《か》け！」

いつもおだやかな歌麿《うたまろ》が大きな声を出したものだから、仕事場が静まりかえる。

北斎《ほくさい》が口をとがらせます。

「けっ。やりゃいいんだろ、やりゃあ。これで最後だぜ」

隣家《りんか》のスエさんが幸《さき》ちゃんに乳《ちち》をあげているあいだ、障子《しょうじ》が閉《し》められます。

仕事場には、北斎《ほくさい》が筆を走らせる音だけが聞こえつづけました。

しばらくたったころのことです。

「へーっくしょん！」

一九がくしゃみをしました。

次の瞬間《しゅんかん》。

――「おぎゃあ！」

ヨネさんの怒鳴《どな》り声がとどろきます。

――「たったいま、おっぱい飲み終わって、スエさんの肩《かた》でげっぷして、気持ちよさそうに、すやすや眠《ねむ》ったところだったのに！」

幸《さき》ちゃんの泣き声がますます大きくなります。

――「ヨネさん……」

スエさんにたしなめられます。

――「あら、やだ。ごめんね、幸《さき》ちゃん、大声出しちゃって」

写楽工房《チームしゃらく》は解散《かいさん》できるのか？

「できましたね」

わたくしは、最後の色を摺《す》り、版木《はんぎ》からはがされたばかりの三枚《まい》つづきの相撲絵《すもうえ》を見下ろし、胸《むね》をなでおろしていました。

京伝《きょうでん》がおおまかな下絵を描《か》き、北斎《ほくさい》が力士《りきし》の顔と体つきを描《か》き込《こ》み、歌麿《うたまろ》はまわしなどの色を指定し、彫師《ほりし》が色ごとに版木《はんぎ》を彫《ほ》り、摺師《すりし》が一枚《まい》ずつていねいに摺《す》り重ねて仕上げたのです。

落款《サイン》もちゃんと「写楽画《しゃらくが》」となっています。

写楽工房《チーム写楽》の仕事場にいる全員が、わたくしの顔を見てきます。

これはすばらしい出来です。ですが絵師《画家の先生》たちは写楽が「こんな絵」と見下し、自分で描《か》き直すと言い出すのを待っているのです。なのに絵師《画家の先生》たちは、傑作《けっさく》といってもいい相撲絵《すもうえ》を仕上げてしまったのでございます。

「これはいい……」

仕事場にいる全員の顔がほころびます。

だがその直後、北斎《ほくさい》がこぼしました。

「だがなあ……」

墨《すみ》で汚《よご》れた指で、髪《かみ》をぽりぽりと掻《か》きます。

「思わず、いい絵にしちまったんだ。これが売れたら、写楽の野郎《やろう》、ますます出てこなくなるんじゃねえか？」

「それは困《こま》ります」

京伝です。

「煙草屋《たばこ》もありますし。できることなら、この相撲絵《すもうえ》を最後に、写楽工房《チームしゃらく》を解散《かいさん》してほしいのですよ」

わたくしはうなずきました。

「写楽以外は、そう思っていますよ」

歌麿《うたまろ》がわたくしにきいてきます。

「じゃあ、売り出すのをやめますか？」

彫師《ほりし》と摺師《すりし》が「えっ」という顔をします。

わたくしは決断《けつだん》いたしました。

「売りましょう。急いで二百枚《まい》、摺《す》ってください」

歌麿《うたまろ》が全員に声をかけます。

「今夜も泊《と》まり込《こ》みですよ！」

「おまえは寝相《ねぞう》よくな！」

北斎《ほくさい》がすぐにつっこみます。

予想外の売れ行き

相撲絵《すもうえ》を売り出す日が来ました。

摺師《すりし》を手伝って、ほとんど寝《ね》ていない北斎《ほくさい》が、床《ゆか》に寝《ね》そべりながら、だれにともなく言います。

「よくよく考えりゃ、あんな太った男の子の裸《はだか》の絵、相撲取《すもうと》りの裸《はだか》の絵、だれが買うっていうんだい。なあ、みんな」

「それは見飽《みあ》きただけですよ」

歌麿《うたまろ》がさとすように言う。

「そうかな。売れなきゃ、売れないほうがいいんだろ？　この写楽工房《チーム写楽》も解散《かいさん》できるしなあ」

「そうなんですが、この相撲絵《すもうえ》は売れそうな気がしますよ」

「なら賭《か》けるか。なあ、みんな」

「そらええですな！」

反応《はんのう》したのは一九《いっく》だけです。

「やめましょうよ。下品な」

京伝《きょうでん》が言うと、歌麿《うたまろ》がうなずきました。

「そうですよ、賭《か》けなんて」

すると北斎《ほくさい》が助けを求めるように、立っている馬琴《ばきん》に言います。

「やい、馬琴《ばきん》、おまえは賛成《さんせい》してくれるだろ？」

「そんな好きにできるおカネなんてありませんよ」

「けっ、ケチな野郎《やろう》たちだな」

声を聞いていたわたくしは仕事場に顔を出しました。

「乾《かわ》いたはしから売り出しますよ」

「蔦重《つたじゅう》の旦那《だんな》、写楽《しゃらく》は？」

「部屋の前に置いておきましたが、返事はありません」

「ったく！」

わたくしは店先にもどると、常連《じょうれん》のお客さんたちに声をかけはじめました。

「さあさあ、いま評判《ひょうばん》の子《こ》ども力士《りきし》、大童山文五郎《だいどうざんぶんごろう》を写楽が描《か》きました！　『大童山土俵《だいどうざんどひょう》入《い》り』！　さあ、なくならないうちに、買い求めてくださいましよ！」

「写楽の新作か！」

「さようでございます！」

「大首絵《おおくびえ》（ブロマイド）じゃねえのか」

「ですが、めずらしい相撲絵《すもうえ》です」

「相撲絵《すもうえ》？　どの力士《りきし》だい？」

「大童山文五郎《だいどうざんぶんごろう》です！　しかも三枚《まい》つづきでございます」

「こりゃ、すげえ！　買った！」

写楽工房《チーム写楽》が手掛《てが》けた『大童山土俵入《だいどうざんどひょうい》り』は、北斎《ほくさい》の期待を裏切《うらぎ》って、わたくしの予想どおり、写楽の新作、写楽の異色作《いしょくさく》として評判《ひょうばん》をとることになりました。

にもかかわらず、写楽は部屋から出てこようとはしません。

去っていく男

「蔦重《つたじゅう》の旦那《だんな》、ちょっと……」

一九《いっく》が、わたくしの部屋に入ってきます。

『大童山土俵入り《だいどうざんどひょういり》』を売り出した日の夜のことです。

「どうしました？」

「北斎《ほくさい》さんを止めてくださいよ」

わたくしが写楽工房《チーム写楽》に顔を出しますと、北斎《ほくさい》が自分の荷物をまとめはじめています。

「北斎《ほくさい》さん、どうしても出ていくのですか？」

「もちろんだ」

「もう少しいてくれませんか？」

「ダメだ」

「これで最後にしますから」

「ダ、メ、だ！　これで最後って言っておいたはずだ」

「画料《がりょう》（ギャラ）を少しはずんでもいいんですよ」

「無理だな。もう決めたことだ。おれは抜《ぬ》ける。——あとはたのんだぜ」

「『大童山土俵入り《だいどうざんどひょういり》』は評判《ひょうばん》を呼《よ》んでいて、次も期待されています。北斎《ほくさい》さん、あなたがいないことには……」

「知るか」

北斎《ほくさい》は帰宅《きたく》したきり、耕書堂《こうしょどう》に姿《すがた》をあらわすことはありませんでした。

わたくしとしましては、しばらく写楽《しゃらく》の絵を出すことを休むしかありませんでした。

若者《わかもの》よ、言うのはタダだ

大童山文五郎《だいどうざんぶんごろう》登場

冬が過《す》ぎ、新年になりました。

寛政《かんせい》七年（一七九五）でございます。

そして正月になれば季節は春でございます。

年末までは、写楽《しゃらく》の新作を欲《ほ》しがる耕書堂《こうしょどう》の常連《じょうれん》のお客さまたちに頭を下げつづけておりましたが、もうがまんの限界《げんかい》がまいりました。

歌麿《うたまろ》、北斎《ほくさい》、京伝《きょうでん》、一九《いっく》、馬琴《ばきん》に頭を下げて、もういちど耕書堂《こうしょどう》に集まってもらいました。

北斎《ほくさい》の住む家には、わたくしみずからが出向いて頭を下げました。

「写楽」の絵を描《か》くためには、北斎《ほくさい》の腕《うで》が欠かせないからでございます。

「蔦重《つたじゅう》の旦那《だんな》、条件《じょうけん》がある」

「なんです」

「条件《じょうけん》をのむか」

「のみます」

「画料《がりょう》（ギャラ）二倍だ」

「わかりました」

「本気（マジ）かよ」

「ええ。本気《マジ》ですから」

写楽工房《しゃらくこうぼう》（チーム写楽）の新作は、歌舞伎《かぶき》から材を取った十枚《まい》、武者絵《むしゃえ》と呼《よ》ばれる武士《ぶし》を描《か》いた二枚《まい》、そして大童山文五郎《だいどうざんぶんごろう》のつづきの相撲絵《すもうえ》『大童山《だいどうざん》の怪力《かいりき》』『大童山《だいどうざん》の鬼退治《おにたいじ》』の二枚《まい》です。

これまでと同じように、京伝が描《か》く内容《ないよう》を決めたのでございます。

下絵の手が離《はな》れたところで、北斎《ほくさい》がわたくしに声をかけてきました。

「蔦重《つたじゅう》の旦那《だんな》、おまえさんへの義理《ぎり》を果たすのは、ほんとうに、これで最後だぜ」

歌麿《うたまろ》がやんわり割《わ》って入ります。

「北斎《ほくさい》、まあまあ」

「いや、本気《マジ》だぜ。だってさ、三枚《まい》つづきの相撲絵《すもうえ》を出したとき、もう描《か》かねえと断《ことわ》ったはずだ。なのに、蔦重《つたじゅう》の旦那《だんな》の顔を立てて、こうやって義理《ぎり》を果たしたんだ。だろ?」

わたくしと北斎《ほくさい》のあいだでは画料《ギャラ》の契約《けいやく》が交《か》わされていますが、ほかの者には言っていないので、北斎《ほくさい》はあくまでもいやいや仕事をしているふりをしているのでございましょう。

正月に売り出した写楽の新作の浮世絵《うきよえ》もまた、耕書堂《こうしょどう》の店先で常連《じょうれん》のお客さまを中心に評判《ひょうばん》を呼《よ》んでおります。連日、押《お》すな押《お》すなの盛況《せいきょう》ぶりといってもいいほどなのでございます。

いまも店先に立っている番頭《ばんとう》の勇助《ゆうすけ》が、わたくしのもどりをいまかいまかと待ってるころかと思います。

ほら、勇助の悲鳴が聞こえてきました。

——「旦那《だんな》さまっ! 早く、おもどりになってくださいましっ!」

「いま、行きますよ!」

わたくしは、写楽工房《チーム写楽》の仕事場のなかの戯作者《げさくしゃ》(作家の先生)や絵師《えし》(画家の先生)たちに向かって言いました。

「ということです。つづけてください」

歌麿《うたまろ》が言う。

「蔦重《つたじゅう》の旦那《だんな》、このままだと、ほんとうに写楽は部屋から出てきませんよ」

「ですが、これだけ評判《ひょうばん》ですと……」

「目先の商売と、自分の息子《むすこ》の将来《しょうらい》と、どちらが大事なのです」

「うっ」

歌麿《うたまろ》の言うとおりです。でも耕書堂《こうしょどう》主人としては写楽の浮世絵《うきよえ》は売れるのです。ですから無視《むし》するわけにはまいりません。

「また、話しましょう」

そう言って、わたくしが仕事場から店に出ようとしたときでございます。

――「きゃあ、かわいい～！」

――「こんなところで見られるなんて～！」

――「ぽちゃぽちゃしてる～！」

――「触《さわ》ってもい～い？」

黄色い声とは、このような声を言うのでございましょう。

いったい、なにごとでございましょう。

出ていきますと、店先に人だかりができているではありませんか。

人だかりのほとんどは女性《じょせい》（おなご）たちでございます。男性《だんせい》（おとこ）たちは、黄色い声をあげる女性《おなご》たちを遠巻《とおま》きにして見ております。

女性《おなご》たちが、なにに群がっているのかよくわかりません。

すると、人だかりの脇《わき》から、細い、やさしそうな雰囲気《ふんいき》、顔立ちの男性《おとこ》が出てきました。

その物腰《ものごし》は男性《おとこ》というよりも女性《おなご》のようなのでございます。

「こちらに、いっくさんはいらっしゃいますか？」

はじめは、なにを言われているかわかりませんでした。

「は？」

「十返舎一九《じっぺんしゃいっく》さん、いらっしゃいますか？」

「い、います」

わたくしは振《ふ》り返ってさけびました。

「一九さん！　出てきてください！」

すぐに一九が出てくると、やさしそうな男性《おとこ》はぴょんぴょんはねるくらいの高揚感《こうようかん》を見せました。しかも少し前に出した両手を左右に振《ふ》っています。

「ひさしぶり～」

ふたりは、両手を出して、手のひらをたたき合っています。

わたくしは、ふと気づいたことを一九にききました。

「一九さん、大童山《だいどうざん》は、こちらの方がじつの父親と知っているのかい？」

「いいえ。江戸《えど》にいる親戚《しんせき》と言っているそうです」

「そうかい」

女形《おやま》が、一九とわたくしに言います。

「連れてきましたよ。――ほら」

女形《おやま》が振《ふ》り返ると、人だかりが二手に分かれ、なかから白っぽい着物姿《すがた》の太った男の子が出てきました。

大童山文五郎《だいどうざんぶんごろう》でございます。

文五郎《ぶんごろう》が頭をぺこりと下げます。

回向院《えこういん》での土俵入《どひょうい》りを見たときとくらべると、まるでかわいい男の子です。それはそうでございます。まだ八歳《さい》にすぎないのですから。

一九が文五郎《ぶんごろう》を呼《よ》びます。

「文五郎《ぶんごろう》、こっち来ぃ、早《はよ》ぅ、早《は》ょ！」

「は、はい」

文五郎《ぶんごろう》が店に入ってきます。

わたくしは、文五郎《ぶんごろう》が通りやすいように、店の商品を脇《わき》にどけてやりました。

一九が小声で言います。

「ちゃんと約束を果たしてくれましたよ」

大童山文五郎《だいどうざんぶんごろう》を浮世絵《うきよえ》にする条件《じょうけん》に、写楽がこもっている部屋の板戸を開けさせる、でございましたから、父親の女形《おやま》が約束を果たしに来てくれたというわけでございます。

わたくしは番頭《ばんとう》の勇助に言いました。

「あとはたのみましたよ」

「へい」
一九、大童山文五郎《だいどうざんぶんごろう》、父親の女形《おやま》、そして、わたくしの順で、店先から奥《おく》へ進んでいきました。

男性《おとこ》たちの夢《ゆめ》

文五郎《ぶんごろう》が、わたくしにきいてきます。

「この戸を壊《こわ》せばいいの？」

「それは最後の手段《しゅだん》です。その前に……」

わたくしは、部屋のなかに声をかけました。

「おーい、写楽《しゃらく》！　出ておいで！」

返事がありません。

こうやって声をかけたのは、はたして何回目でございましょう。

「おーい、写楽！　出てこい！」

わたくしにしてはめずらしく命令口調で声をかけました。

戯作者《作家の先生》、絵師《画家の先生》たちが、わたくしの顔を見ています。わたしにしては話し方が乱暴《らんぼう》だったからです。

やはり返事がありません。

もういちど声をかけます。

「出てこい、写楽！」

あいかわらず返事がありません。

「ここに、相撲絵《すもうえ》になった大童山文五郎《だいどうざんぶんごろう》さんが来てくれています。浮世絵《うきよえ》にするよう、こちらの親戚《しんせき》の方にたのまれていたのです。その条件《じょうけん》が、写楽をこの部屋から出すことでした。だから、これから大童山文五郎《だいどうざんぶんごろう》がこの戸をこじ開けます。いいですね？」

わたくしが「親戚《しんせき》の方」と口にしたので、写楽工房《チーム写楽》の連中（メンバー）は「ん？」という顔をしていましたが、いまは、それどころではありません。

あいかわらず返事がありません。

「文五郎《ぶんごろう》さん、たのめますか？」

「うん、わかった」

文五郎《ぶんごろう》が、板戸の取っ手に指をかけました。

思いっきり引こうとしたときです。

「ちょっと待ってください」

歌麿《うたまろ》です。

大童山文五郎《だいどうざんぶんごろう》が板戸の取っ手に指をかけたまま止まっています。

わたくしがききました。

「歌麿《うたまろ》さん、どうしました」

「写楽に、いや、息子《むすこ》さんに声をかけてもよろしいですか？」

これ以上、どうするというのでしょう。わたくしは少し不安になりました。

「まあ、見ていてください」

文五郎《ぶんごろう》が脇《わき》によけ、歌麿《うたまろ》が声をかけます。

「写楽、いるかい？」

あいかわらず返事がありません。

「わたしだ。喜多川歌麿《きたがわうたまろ》だ。写楽、聞いておくれ。自分の部屋にこもって、なにがしたいんだい？　教えちゃくれねえか？」

「…………」

「…………」

「言いたいことがあるなら、言ってくれなきゃわからないよ」

「写楽がしたいことは、なんなんだい？」

「…………」

「言うのはタダだよ」

上方《かみがた》育ちの一九《いっく》がうなずく。

そのうえ、なにか言いそうなので、歌麿《うたまろ》が「まあまあ」と制《せい》してからつづける。

「写楽、夢《ゆめ》っていうのはね、口にしなきゃ、かなわないんだよ」

「…………」

写楽は、ずっとだまったままです。

そこで歌麿《うたまろ》が話しはじめました。

「わたしはねえ、美人画を描《か》いておりますが、日本じゅうのだれよりも上手な美人画家になりたいんですよ。それが、わたしの夢《ゆめ》なのです」

歌麿《うたまろ》は、そこで言葉を切った。

「ああ、夢《ゆめ》を口にするのは勇気がいりますが、言ってしまえば、すっきりします。夢《ゆめ》を口にしてよかったですよ。ちょっと待ってくださいね。北斎《ほくさい》にかわりますよ」

歌麿《うたまろ》が葛飾北斎《かつしかほくさい》の顔を見ます。

北斎《ほくさい》が自分の顔を指さすと、歌麿《うたまろ》がうなずきました。

北斎《ほくさい》は「しょうがねえな」とつぶやいてから声をはりあげた。

「写楽、おれだ！　葛飾北斎《かつしかほくさい》だ！　歌麿《うたまろ》がせっついているから、おれの夢《ゆめ》を口にするぞ！　おれは、関東や東海を旅して、あちこちから見える富士山《ふじさん》を描《か》いてみてえんだ」

北斎《ほくさい》が山東京伝《さんとうきょうでん》をひじでつっつきます。

「おまえはどうなんだ」

「山東京伝です。あっしは、ずっとやりたかった煙草屋《たばこ》を開き、おかげさまでもうかっております。だから、おカネのために書くのを、もうやめたい。あっしはね、『忠臣蔵《ちゅうしんぐら》』などの名作を茶化すような、おもしろい話（パロディ）を書きたいんですよ。この間書いたのは『忠臣蔵即席料理《ちゅうしんぐらそくせき》』っていうんですがね。もっともっと書きたいと思っています」

京伝が、十返舎《じっぺんしゃ》一九をせっつくように言います。

「おまえは、どうなんだよ」

「耕書堂《こうしょどう》に住まわせてもらってる十返舎《じっぺんしゃ》一九です。知ってまっしゃろ？　わいは、駿府《すんぷ》（静岡県）の生まれで、そのあと上方《かみがた》（関西）ですごし、いまは江戸《えど》でっしゃろ。だから旅に慣《な》れとるいうか、旅が好きやから、旅をする話。そうでんな、男ふたりの珍道中《ちんどうちゅう》なんか書きたいと思うてますわ。――馬琴《ばきん》は、どうや」

一九が曲亭馬琴《きょくていばきん》にききます。

「曲亭馬琴《きょくていばきん》です。写楽がこの家に来る前のことですが、この耕書堂《こうしょどう》で手代《てだい》をさせてもらってたこともあるんです。おいらは、そうですね、いつかは歴史《れきし》に題材をとった長く壮大《そうだい》な物語を書きたいですね。舞台《ぶたい》をどこにするかは決めていませんが『八犬伝《はっけんでん》』という題名だけは思いついているんですよ」

馬琴《ばきん》が写楽工房《チーム写楽》の連中《メンバー》の顔をぐるりと見てから、わたくしの顔を見てきます。

「わたくしは……」

いちど言葉を切ってから、写楽がこもっている部屋の板戸に目をやりました。その板戸の向こうにいる、写楽の顔を思い浮《う》かべます。

父親としてのわたくしと、耕書堂《こうしょどう》主人としてのわたくしが、頭のなかで言い合いをはじめます。

父親「いまこそ本音をぶつけるべきです」
耕書堂《こうしょどう》「写楽工房《チーム写楽》の連中《メンバー》のいる前で言えるのですか？」
父親「いましか機会はありませんよ」

耕書堂《こうしょどう》「やめておいてはどうです」
父親「言ったほうがいい」

「……わたくしは、わが息子《むすこ》といっしょに、もういちど飯を食いたい、それが夢《ゆめ》です」

写楽《しゃらく》よ、永遠《とわ》に

わたくしは、板戸の向こうの写楽に声をかけました。

「写楽の夢《ゆめ》は、なに？」

わたくしは、写楽工房《チーム写楽》の連中《メンバー》といっしょに、じっと耳をすませました。

わたくしは心のなかで、写楽に声をかけていました。

(写楽、本音をこぼすなら、いまだぞ。さあ、おまえの本音を聞かせておくれ)

緊張《きんちょう》した空気が流れます。

「……ぼっ……」

写楽の声です。

「……ぼくは絵描《えか》きでいるのはイヤだ！」

わたくしは、喉《のど》の奥《おく》からこみあげてくる声を必死でのみこみました。

写楽が一気にまくしたてます。

「ぼくは、お母ちゃんがつとめていた吉原《よしわら》ではたらきたいんだ！　立場の弱いお姉さんたちを、悪い男たちから守りたいんだ！」

少し間を置いてから、写楽がきいてきました。

「ダメかな」

わたくしは、すぐに言いました。

「わかりました。『東洲斎写楽《とうしゅうさい》』は店じまいにします。ですから……」

板戸がそっと開かれたあと、一気にすーっと動きました。

目の前に、写楽が立っていました。

部屋のなかには、絵は一枚《まい》も見えませんでした。正しくは、わたくしが板戸の前に置いた絵は、すべて裏返《うらがえ》しのまま重ねられて置かれていたのでございます。

写楽が部屋から出てきます。

わたくしは、写楽の体をしっかり抱《だ》きしめました。

「出てきてくれましたね」

写楽が、こくりとうなずく。

「写楽。ありがとう」


わたくしは、耕書堂《こうしょどう》の店先に紙をぶらさげました。

――「東洲斎《とうしゅうさい》写楽仕舞《じまい》」

――「写楽浮世絵《うきよえ》売切御免《うりきれごめん》」

耕書堂《こうしょどう》前に駆《か》けつけてきた常連《じょうれん》のお客さまたちから声があがります。

――「写楽の新作は出ないのかい？」

――「相撲絵《すもうえ》をもっと見たかったよ！」

――「武者絵《むしゃえ》をそろえたかったんだぜ！」

――「写楽の大首絵《おおくびえ》（ブロマイド）じゃないとつまらねえ！」

わたくしは頭を深々と下げました。

「東洲斎《とうしゅうさい》写楽はほんとうに店じまいでございます。これまでの版木《はんぎ》はすべて燃《も》やします。

いま、ここに置いてあります分がなくなったら、増《ま》し摺《ず》りすることはございません」

常連《じょうれん》のお客さまのひとりがきいてきます。

「どうしてだい！　理由を聞かせてくれ！」

「申し訳《わけ》ございません」

言い訳《わけ》をせず、ただただ頭を下げつづけるしかございません。

常連《じょうれん》のお客さまたちの怒《いか》りの声がつづきます。

「東洲斎《とうしゅうさい》写楽仕舞《じまい》」の紙を下げるまで、わたくしのなかで迷《まよ》いもございました。

いつものように、父親としてのわたくしと、耕書堂《こうしょどう》主人としてのわたくしが、頭のなかで言い合いをはじめたのでございます。

父親「写楽と約束したんです。『東洲斎写楽《とうしゅうさい》』は店じまいすると」
耕書堂《こうしょどう》「でも写楽の絵は売れてるじゃありませんか。写楽本人に絵を描《か》かせないまでも、昨年十一月以降《いこう》そうしたように、写楽工房《チーム写楽》で制作《せいさく》をつづけたほうが耕書堂《こうしょどう》のためですよ」
父親「しかし、写楽との約束が……」
耕書堂《こうしょどう》「戯作者《作家の先生》や絵師《画家の先生》たちに頭を下げたら、もしかしたら、つづけられるのではありませんか？」

父親「それはそれで多額《たがく》の画料《ギャラ》を払《はら》う必要が出てきます。つづけるのも苦労しますよ」

耕書堂《こうしょどう》「耕書堂《こうしょどう》のもうけはどうするのです。やはり写楽《チーム》工房《写楽》で制作《せいさく》をつづけたほうがいいんじゃありませんか？　これから歌麿《うたまろ》たちに三度目の声をかけたほうがいいんじゃありませんか？」

いま、こうして頭を下げていても、頭のなかは、ぐるぐるしております。

蔦屋重三郎《つたやじゅうざぶろう》が、常連《じょうれん》たちに頭を下げているころ……。

喜多川歌麿《きたがわうたまろ》、葛飾北斎《かつしかほくさい》、山東京伝《さんとうきょうでん》、十返舎一九《じっぺんしゃいっく》、赤ん坊《ぼう》の幸《さき》をおんぶした曲亭馬琴《きょくていばきん》の姿《すがた》が、店の売り場のはしっこにあった。

彼《かれ》らは店の売り場のはしから、そーっと抜《ぬ》け出したかと思うと……。

……いっせいに逃《に》げだした。

蔦屋《つたや》重三郎《じゅうざぶろう》の編集後記《へんしゅうこうき》

蔦屋《つたや》重三郎《じゅうざぶろう》でございます。

最後まで、おつきあいくださり、まことにありがとうございました。

わたくし、蔦屋《つたや》重三郎《じゅうざぶろう》は、この物語の最後から二年四か月ほどのちの寛政《かんせい》九年五月六日（一七九七年五月三十一日）に天国（こっち）にやってまいりまして、番頭《ばんとう》の勇助《ゆうすけ》が「二代目蔦《つた》屋重三郎《やじゅうざぶろう》」を名乗りました。

わたくしの死後のことになりますが、写楽工房《チーム写楽》で「写楽」になってくれた戯作者《げさくしゃ》（作家の先生）や絵師《えし》（画家の先生）たちのそれからについてお話ししておきましょう。年齢《ねんれい》の高い順にまいります。

喜多川歌麿《きたがわうたまろ》は、その後も美人画を描《か》きつづけ、その道の第一人者となりました。ですが文化元年（一八〇四）に、戦国時代に天下をとった豊臣秀吉《とよとみひでよし》の醍醐《だいご》の花見を題材にした『太閤《たいこう》五妻洛東遊観之図《ごさいらくとうゆうかんのず》』（大判《おおばん》三枚続《まいつづき》）を描《か》いたことがきっかけで捕《つか》まってしまい、手鎖《てじょう》五十日の刑罰《けいばつ》を受けました。これ以後、歌麿《うたまろ》は病がちとなり、二年後の文化三年（一八〇六）に亡《な》くなったそうでございます。享年《きょうねん》五十四。

葛飾北斎《かつしかほくさい》は、生涯《しょうがい》で九十三回も引っ越《こ》しました。夢見《ゆめみ》ていた富士山《ふじさん》を描《か》いた『富嶽《ふがく》三十六景』を発表したのは七十二歳《さい》になってからでございました。享年《きょうねん》九十。

山東京伝《さんとうきょうでん》は、寛政《かんせい》十一年（一七九九）に読本《よみほん》『忠臣水滸伝前篇《ちゅうしんすいこでんぜんぺん》』を、享和《きょうわ》元年（一八〇一）に読本『忠臣水滸伝後篇《ちゅうしんすいこでんこうへん》』を、文化七年（一八一〇）に滑稽本《こっけいぼん》『坐敷芸忠臣蔵《ざしきげいちゅうしんぐら》』を書きました。享年《きょうねん》五十六。

十返舎一九《じっぺんしゃいっく》が、弥次《やじ》さんと喜多《きた》さんが旅する『東海道中膝栗毛《とうかいどうちゅうひざくりげ》』を出したのは享和《きょうわ》二年（一八〇二）から文化十一年（一八一四）にかけてのことでございました。享年《きょうねん》六十七。

曲亭馬琴《きょくていばきん》は、義母《ぎぼ》が亡《な》くなると、すっきりしたように文筆業に打ち込《こ》むようになって履物商《シューズショップ》はやめてしまいました。『南総里見八犬伝《なんそうさとみはっけんでん》』を出しはじめたのは文化十一年（一八一四）、完結したのは天保《てんぽう》十三年（一八四二）のことでございました。最後のほうは目が不自由になってしまい、馬琴《ばきん》が口で語ったものを、お嫁《よめ》さんが書きとったそうでございます。享年《きょうねん》八十二。馬琴《ばきん》が亡《な》くなっておよそ半年後に北斎《ほくさい》が亡《な》くなっていますから、いかに北斎《ほくさい》が長生きだったかわかります。

みんな、それぞれに「夢《ゆめ》」をかなえたのでございます。やはり夢《ゆめ》は口にしないと、かなわないのでございますね。

ちなみに大童山文五郎《だいどうざんぶんごろう》は十一歳《さい》のころまでは各地を巡業《じゅんぎょう》して客寄《きゃくよ》せの役目を果たしたあと、文化元年（一八〇四）十七歳《さい》のとき本物の力士《りきし》となり、文化九年（一八一二）二十五歳《さい》のときまで現役《げんえき》でした。ですが体格《たいかく》のわりに強くはなかったようです。引退《いんたい》後は、江戸《えど》にある、お灸《きゅう》の材料となるもぐさ屋のお婿《むこ》さんになったとか、団子《だんご》屋の主《あるじ》になったとかいわれて

いますが、文政《ぶんせい》五年十二月二十日（一八二三年一月三十一日）に数え三十五歳《さい》で亡《な》くなった
とされています。

蔦屋《つたや》重三郎《じゅうざぶろう》

寛政《かんせい》九年（一七九七）以後の世

楠木《くすのき》誠一郎《せいいちろう》の編集後記《へんしゅうこうき》

みなさん、こんにちは。クスノキです。

令和七年（二〇二五）のＮＨＫ大河《たいが》ドラマ『べらぼう〜蔦重栄華乃夢噺《つたじゅうえいがのゆめばなし》〜』の主人公、蔦屋重三郎《つたやじゅうざぶろう》とは切っても切り離《はな》せない有名人。

それが東洲斎写楽《とうしゅうさいしゃらく》です。

わずか十か月でその姿《すがた》を消した絵師《えし》（画家の先生）には謎《なぞ》が多いです。

いちばんの謎《なぞ》は、その正体です。

大田南畝《おおたなんぽ》の覚え書きをもとに山東京伝《さんとうきょうでん》、式亭三馬《しきていさんば》らが加筆した、絵師《えし》の人名事典『浮世絵類考《うきよえるいこう》』という本があり、最後に、斎藤月岑《さいとうげっしん》という人がこう加筆しました。「俗称斎藤十《ぞくしょうさいとうじゅう》

郎兵衛《ろべえ》　居江戸八丁堀《きょえどはっちょうぼり》に住す　阿波侯《あわこう》の能《のう》役者也《なり》」。

これをきっかけに「阿波《あわ》の能《のう》役者」説が「定説」になりましたが、研究者たちによって「証拠《しょうこ》がない」とされました。

徳島県の寺に写楽の過去帳《かこちょう》と墓《はか》が見つかりましたが、のちに疑問視《ぎもんし》されて振《ふ》り出《だ》しにもどりました。

そのあと、ほかの絵師《画家の先生》のかりそめの姿《すがた》という説、はたまた蔦屋重三郎《つたやじゅうざぶろう》本人が写楽だという説まで登場。写楽の絵のなかにほかの絵師《画家の先生》の特徴《とくちょう》を複数《ふくすう》見つけたことによる工房《こうぼう》説も出《しゅつ》現《げん》しました。

昭和時代末期に「阿波《あわ》の能《のう》役者」説に「証拠《しょうこ》が見つかった」とされ、さらに平成の時代に埼玉県の寺で「斎藤十郎兵衛《さいとうじゅうろべえ》」の過去帳《かこちょう》が見つかり、ふたたび「定説」になっています。

大河《たいが》ドラマ『べらぼう』で「阿波《あわ》の能《のう》役者」説がどのようにあつかわれるか見ものです。

ですが、クスノキは思うのです。

江戸《えど》時代の寛政《かんせい》六年（一七九四）五月に、写楽という絵師《画家の先生》がほんとうにあらわれ、寛政《かんせい》七年（一七九五）一月に姿《すがた》を消したのではないか。

十か月間（閏月《うるうづき》を含《ふく》む）だけ存在《そんざい》していたのではないか。

次に、その写楽という人物の正体がなにか。

さらに、なぜ十か月で姿《すがた》を消したのか。

この二点に視線《しせん》を注ぎました。


その結果――。

もし写楽が蔦屋重三郎《つたやじゅうざぶろう》の子で、自分の部屋にひきこもった結果、十か月で筆を断《た》ったのだとしたら……。

そんな妄想《もうそう》のあげく、本書のようなストーリーができあがりました。

大河《たいが》ドラマに登場する蔦屋重三郎《つたやじゅうざぶろう》をはじめとする有名人たちのキャラ、本書で描《えが》かれている彼《かれ》らのキャラは、ずいぶんちがっているかもしれません、ドラマはドラマ、本書は本書です。お許《ゆる》しください。

ちなみに戯作者《げさくしゃ》（作家の先生）や絵師《画家の先生》らのなかには、北斎《ほくさい》のようにひんぱんに名前を変えた者もいますが、本書ではあえていちばん有名な名前で通しました。悪《あ》しからず。

では、また、どこかでお目にかかりましょう。

楠木《くすのき》誠一郎《せいいちろう》

二〇二四年夏

参考資料

『近世文学研究叢書9　蔦屋重三郎』鈴木俊幸（若草書房）
『蔦屋重三郎　江戸芸術の演出者』松木寛（講談社学術文庫）
『江戸の本屋さん　近世文化史の側面』今田洋三（平凡社ライブラリー）
『稀代の本屋　蔦屋重三郎』増田晶文（草思社文庫）
『歴史人増刊／歌麿、写楽、北斎の仕掛け人！　蔦屋重三郎とは、何者なのか？』（ABCアーク）
『歴史群像ライブラリー2／決定版写楽　幻の絵師の正体』（学研）
『写楽を探せ　謎の天才絵師の正体』編集部編（翔泳社）
『東洲斎写楽はもういない』明石散人著／佐々木幹雄協力（講談社文庫）
『葛飾北斎伝』飯島虚心著／鈴木重三校注（岩波文庫）

楠木誠一郎

くすのき・せいいちろう／作家。福岡県生まれ。大学卒業後、歴史雑誌の編集者をへて作家に。著書に、ロングセラーとなった「タイムスリップ探偵団」シリーズのほか、『馬琴先生、妖怪です！』『お江戸怪談時間旅行』『そうだったのか！　歴史人物なぞのなぞ』『チーム紫式部！』『ツリーハウスの風』『未来の給食、なに食べる？』『ウソ!? ホント!? 謎解き徳川家康』など多数。

平沢下戸

ひらさわ・げこ／イラストレーター。装画、挿絵を手がけた主な作品に『村上海賊の娘』『お面屋たまよし』『キオクがない！』「サバイバーズ」シリーズ、「戦国小町苦労譚」シリーズなど多数。

装丁　川谷康久＋趙葵花（川谷デザイン）

出《で》てこい、写楽《しゃらく》！　～蔦《つた》重《じゅう》編《へん》集《しゅう》日《にっ》記《き》～

2024年 9 月10日　初版発行

作者　楠木誠一郎
画家　平沢下戸

発行者　吉川廣通
発行所　株式会社静山社
〒102-0073　東京都千代田区九段北1-15-15
TEL 03-5210-7221
https://www.sayzansha.com
印刷・製本　中央精版印刷株式会社

編集／荻原華林

ISBN978-4-86389-840-0

チーム紫式部！

楠木誠一郎 作　酒井以 絵

『源氏物語』はこうしてつくられた⁉
平安恋愛お仕事コメディ

世界最古の恋愛小説といわれ、いまなお世界で（日本だけじゃなくて！）読みつがれている『源氏物語』を紫式部が書いたとされるのは、いまから千年以上も昔のこと。そんな大昔にあの長編がどうやったら書けたのか……。信じるか信じないかは——。

静山社

そうだったのか！
歴史人物なぞのなぞ

楠木誠一郎 作　春原弥生 マンガ

親愛なる読者諸君！　わたしと一緒に
歴史のなぞを発見しにいこう！

「タイムスリップ探偵団」でおなじみの楠木先生が、日本の歴史に登場する有名人たちの、教科書にはのっていない裏の顔、意外なエピソード、いまだ解明されていない事件のなぞ、などなど、卑弥呼から野口英世まで、一気にご紹介します！

静山社

お江戸怪談時間旅行

楠木誠一郎作　亜沙美絵

いつもの帰り道……だったはずなのに
ふたりに近づいてくるのは……

江戸時代にタイムスリップしてしまった小学6年生の等々力陽奈と朝比奈翔。ふたりが見たのは……歩く死体!?　21世紀からもちこまれた新薬が江戸の街をパニックにおとしいれる！　陽奈と翔は、無事に元の世界にもどれるのか!?

静山社

馬琴先生、妖怪です！

お江戸怪談捕物帳

楠木誠一郎 作　亜沙美 絵

人気作家の命が狙われた!?
少年少女探偵団＋座敷童が大活躍！

かの有名な『南総里見八犬伝』の著者、馬琴先生は、なかなか続きが書けず、机に向かっては夢中になって読書の日々。ところが……馬琴先生の身にせまる危機を悟った長屋の仲良し3人組と座敷童の「わらし」は、事件解決に乗り出す！

静山社